FILI FINNISH LITERATURE EXCHANGE

本书由芬兰文学交流中心提供翻译资助

托芙·扬松（1914 年 8 月 9 日—2001 年 6 月 27 日），生于芬兰首都赫尔辛基，作家、画家、插画家，素有"世界著名奇幻文学大师"之称。她最著名的作品是"姆咪（Moomin）"系列。

　　扬松的父亲是一位雕塑家，母亲是一位画家。在芬兰，她的家庭属于外来的、说瑞典语的少数民族。在艺术家庭的熏陶下，她很早就表现出绘画方面的天赋：13 岁时杂志刊载她的诗文及插画，15 岁时为《Gram》杂志画讽刺画，那时，姆咪首次露脸。她亦曾在芬兰、瑞典及法国学习油画，并于 1939 年开始写作。1966 年，扬松获得国际安徒生奖，这是世界儿童文学的最高奖项，素有"小诺贝尔奖"之称。

Tove Jansson

扬松是一位天才的艺术大师，她的童话杰作"姆咪"系列已广为中国读者喜爱。这套百年纪念文集首度引进中国，是大好事，这些故事闪耀着哲学与智慧的光芒，不同年龄的读者，会重新发现这位大师的魅力，更加喜欢她。

——任溶溶

世界奇幻文学大师
托芙·扬松百年纪念文集

Travelling　Light

轻装旅行

[芬兰] 托芙·扬松　著

亚伯拉罕姆森夫妇　译

ZHEJIANG UNIVERSITY PRESS
浙江大学出版社

图书在版编目（CIP）数据

轻装旅行／（芬）托芙·扬松著；亚伯拉罕姆森夫
妇译．—杭州：浙江大学出版社，2016.11
（世界奇幻文学大师．托芙·扬松百年纪念文集）
书名原文：Resa med lätt bagage
ISBN 978-7-308-16334-7

Ⅰ.①轻… Ⅱ.①扬… ②亚… Ⅲ.①短篇小说—作
品集—芬兰—现代 Ⅳ.① I531.45

中国版本图书馆 CIP 数据核字（2016）第 251206 号

轻装旅行（世界奇幻文学大师托芙·扬松百年纪念文集）

[芬兰]托芙·扬松 著 亚伯拉罕姆森夫妇 译

选题策划　平　静
特约策划　上海采芹人文化　陈　洁　王慧敏
责任编辑　平　静
文字编辑　赵　坤
特约编辑　夏永为　陈　洁　黄　琰
责任校对　安　婉
封面设计　李　旖
出版发行　浙江大学出版社
　　　　　（杭州市天目山路 148 号　邮政编码 310007）
　　　　　（网址：http://www.zjupress.com）
排　　版　采芹人 插画·装帧 胡　桃　王　佳
印　　刷　杭州杭新印务有限公司
开　　本　880mm×1230mm　1/32
印　　张　7.125
字　　数　119 千
版印次　2016 年 11 月第 1 版　2016 年 11 月第 1 次印刷
书　　号　ISBN 978-7-308-16334-7
定　　价　26.00 元

目　录

信　函

亲爱的扬松女士：

　　我是一个来自日本的女孩，

　　今年十三岁零两个月，

　　下个一月八日便是我十四岁生日了。

　　我有一个母亲和两个妹妹，

　　您所有的书我都读过。

　　当我读到一些有趣的东西我会再次阅读一遍，

　　然后我便会想到雪，

然后会独处一下。

东京是个大城市，

我在非常认真地学习英语。

我非常喜欢您。

我梦想着在您这个年纪的时候能够和您一样睿智。

我有许多梦想。

有一种日本的诗叫俳句，

我给您附了一首日文的俳句。

是关于樱花的。

您是住在一个大森林里吗？

请原谅我的来信。

祝您健康长寿。

渥美民子

亲爱的扬松女士：

我即将来临的生日是个重要生日。

您的礼物对我来说非常重要。

每个人都非常欣赏您送给我的

那幅绘有您居住的小岛的画。

它现在就挂在我的床头。

一共有多少座小岛在芬兰呢？

是不是任何人都可以住在那里？

我就想住在一座岛上。

我喜欢独立的小岛和花以及雪，

但是我还不能很好地用英文来形容它们。

我现在非常认真地在学英文。

您的书我都是读英文版的。

英文版的和日文版的不一样。

为什么会不一样呢？

我觉得您是个快乐的人。

请一定要照顾好您的身体。

祝您长寿。

渥美民子

亲爱的扬松女士：

好久没有联系了，

您已经有五个月零九天没有写信给我了。

您收到我的信件了吗？

您收到我的礼物了吗？

我想念您。

您一定要知道，我正在努力地学英文。

我现在要告诉您我的梦想。

我的梦想便是到各国去旅游，

学习和理解他们的语言。

我想要能够与您对话。

我想要您与我对话。

您一定要让我知道在没有看到实物的情况下，

您是如何用最特别的语言来形容它们的。

我想要学着怎样形容雪。

我想要坐在您的脚边学习。

为了能够旅游我正在存钱。

我给您附上一首新的俳句。

是关于一位老妇人能从很远的地方看到蓝山。

她年轻的时候并不能，现在她可以了。

这是一首非常美丽的俳句。

请您一定要照顾好自己。

民子

亲爱的扬松女士：

　　您的这次旅行真是长啊,您已经走了超过六个月了。

　　我猜想您已经回来了。

　　您去了哪里，亲爱的扬松女士？

　　在您的旅行中您学到了什么新鲜东西呢？

　　或许您也带了您的隐形眼镜去了吧。

　　秋天的颜色非常丰富，秋天也很适合去旅行。

　　但是您经常说时间太短了。

　　每当我在想您的时候时间便不知不觉地变长了。

　　我想自己能像您一样成熟而且只有宏伟的想法。

　　我把您的信都放在一个非常美丽的盒子里，

　　藏在一个谁都不知道的地方。

　　日落的时候我会反复再读它们。

民子

亲爱的扬松女士：

　　　记得有一次您写信给我说

　　　夏天您住在芬兰的小岛上。

　　　您告诉我邮差几乎都不上您的岛。

那么您是一次性收到好多我的来信吗？

您告诉我当船只经过但不停留的感觉非常好。

但是现在芬兰已经是冬天了。

您写了一本关于冬天的书，您描述了我的梦。

我想写一个故事，

让大家都可以了解自己梦想的故事。

您第一次写故事的时候是几岁呢？

我的故事没有您写不出来。

每一天等待的时间都好长。

您说您很累。

您工作而且您旁边太多人了。

我想做那个可以慰藉您以及保护您的孤独的人。

这是一首关于等待自己所爱之人太久的俳句。

看看这个怎么样！

不过这个翻译得不怎么好。

我的英文有进步了吗？

您的，民子

谢谢您，亲爱的扬松女士！

是的，就是这样的，你不必非要到一定的年龄，只要你想，你便可以完成一个故事，一个关于已知和未知的故事。亲爱的扬松女士，我们不能照顾到其他人如何想的，或者是否了解我们的故事，我们只需要考虑与这故事有关的。然后只靠自己的力量来完成这个故事。现在我已经知道了喜欢一个在远方的人是怎样一种感觉了，我必须在这个感觉溜走之前记录下来。我又给您附了一首俳句，是关于一条小溪在春天的沐浴下很快乐地流淌，所有人听到都觉得很开心。我还没有足够的能力去翻译它。

听我说扬松女士，我要来的时候我再给您写信。我存够了钱而且我拿到了旅游奖学金，哪个月会是我们碰面的最佳时期呢？

民子

亲爱的扬松女士：

　　谢谢您睿智的回信。

　　我现在知道了在芬兰的海和森林都很大，

　　但您是住在一个小房子里面的。

　　这是一个非常美丽的想法，

　　只在书里和它的作者相遇。

　　我一直都在学习着。

　　愿您身体健康，长寿百岁。

　　　　　　　　　　　　　您的，渥美民子

我的扬松女士：

　　雪已经下一天了。

　　我正在学着如何描写雪。

　　今天我的妈妈去世了。

　　在日本，当你变成了全家年纪最长的，

　　你便不能离开家，

　　你也不想离开家。

希望您能够理解我。

我谢谢您。

这是一首郎士元的诗，

他是一位中国伟大的诗人。

这首诗被黄祖瑜和埃尔夫·汉瑞克森翻译成了
你们的语言：

"曙雪苍苍兼曙云，朔风烟雁不堪闻。

　贫交此别无他赠，唯有青山远送君。"

　　　　　　　　　　　　　　　　民子

八十大寿

　　我们到那儿以后，乔尼瞥了一眼奶奶家门外停满的汽车，便立刻说自己应该穿深色正装来的。

　　"别傻了，亲爱的。"我说道，"轻松。奶奶不是那种人。大家来来往往穿的都是绒裤子，花里胡哨的。她喜欢那些一反常规、有个性的人。"

　　"可是，"他说，"我不是个一反常规的人，我很正常。参加老人的八十大寿怎么也不能穿得太随意。再说我还从没和她见过面。"

我说:"等进门了我们再拆开它,更礼貌一些。奶奶不喜欢拆礼品,当然,圣诞节除外。"

挑选礼品可不是件容易的事。奶奶打来电话叮嘱道:"好孩子,一定把你丈夫带来给我看看,但千万别买太贵重又没什么用的礼品。到了我这年纪,想要的基本都有了,品位也比大部分儿孙都高。我可不想等我走了留一堆破烂让他们收拾。挑个简单讨喜的东西就行。还有,别故意选带艺术感的,这样只会把事情搞砸。"

我们真的是绞尽脑汁。奶奶认为自己胸襟宽广、脾性随和,她小小的请求,看似简单朴实,但实际上真的是个大麻烦,总给家人带来很大的压力。如果真是为她选择一个时髦的厚玻璃碗这么简单也就算了,但是不行,那样看起来太小资,一点亲切感都没有。

当然,我跟乔尼提起过奶奶和她的画作,他佩服得五体投地。我们家挂了一幅她早年的画作,画的是意大利圣吉米那诺城,那是在她以画树成名之前,用自己的第一笔拨款旅行到那儿时的写生作品。她经常会说起圣吉米那诺,我很喜欢听她说起自己在这个百塔林立的意大利小城时是多么开心;每天黎明时分醒来工作时,她感到自己是多么的强大和自由；年轻的姑娘会推着蔬菜车在街道上穿行，奶奶打开窗户，指指想买的东西，那卖菜的姑娘便心领神会，随后相视一笑；天气炎热，东西都很便宜，接着奶奶就背起画架出发……

乔尼也喜欢这个故事。在这之后，让人难以置信，有天乔尼独自出门时，竟在一个二手小店里淘到了一幅圣吉米那诺的画。于是它顺理成章地成了我们的礼物。店主说，这是一幅十九世纪早期的平版印刷画。然而，不管怎样我们也不认为它有什么特别。

"乔尼，"我说，"我们进去吧。做你自己，表现自然点，她就喜欢这样的。"

前来祝寿的人在奶奶的画室门口排起了长龙。几对年轻表兄妹忙前忙后，接过每位宾客的外套。我们缓缓步入宽敞通风的房子，奶奶的助手将它装饰得流光溢彩。我注视着奶奶，跟着人群往前走，紧握了下乔尼的胳膊，希望能平复他紧张的心情。背景音乐轻声在耳边响起，虽不是古典音乐，却也是精心挑选的，很有奶奶的独特风格。我们走向她。她一身平常打扮，满头白发轻微打着卷儿，衬托着她警觉又和蔼的面庞、清澈又挑逗的双眼。

"这是乔尼，"我说道，"乔尼，这是奶奶。"

"你们能来真是太好了，"奶奶说，"这位就是乔尼啊。你习惯说芬兰语，是不是？"她亲切地冲他微笑。"在这个只会说瑞典语的保守大家庭中，你是怎么应付过来的？你们相处得怎么样？你们俩结婚没有？一切都尘埃落定了？"

"还有些扫尾工作。"乔尼鼓起勇气说。奶奶笑了，我知道她会喜欢他的。

"好吧，你们的礼物呢？"

她注视着那幅圣吉米那诺画良久，让我们感觉自己惹了大麻烦，而她的脸上却闪过一丝微笑。"我原来也在这个角度画过。"她说，"不过画得比这个好。"之后，露出一点不屑的神情，同时也表现出了理解，挪开了步子。

奶奶用来摆放模型的那张大桌子在屋里十分惹眼。重新铺上了从巴塞罗那带回的锦缎，从橄榄到奶油蛋糕，各种东西满满当当地堆了一桌子。当大家三五成群聊得热火朝天，每个人手上都拿了一杯香槟时，家里的年轻人则抱着大清早就装满水的花瓶跑来跑去。奶奶就像徜徉在夏加尔的画中，在屋里走来走去，到处寒暄送祝福。但我注意到她故意不向人们介绍任何人的姓名。不是因为年纪大了记忆力减退——自己介绍自己吧，亲爱的朋友。噢，像奶奶这样无拘无束。

一群孩子哇哇叫着在画室里追逐打闹，奶奶似乎一点都不生气。她只是让那些带他们来到这个世界上的母亲们看好自己的孩子。乔尼和我坐到了一张挤满人的桌子前，在我们突然意识到选错了位置时，为时已晚。在座的各位是奶奶称为"文人雅士"的一群人，他们只与圈内人交谈。我甚至都不理解他们在说什么。我绝望地寻找话题，在沉默许久之后，最终转向一位留着山羊胡子的绅士，并赞叹画室里的灯光真是格外漂亮。我松了口气，他开始讨论光线的意义，然后又把话题转移到知觉论。我费了很长时间才弄明白，原来他是位艺术评论家。

　　幸运的是，似乎他只需要一位倾听者，于是我装着若有所思地点着头，不停地应道"是""当然""太对了"，偶尔看看乔尼。他就坐我对面，满脸愁容。他旁边的那位也是这些"文人雅士"的一员，只是不善言辞。即便这样，我还是为把我的乔尼带到这样一个知道如何举办如此大规模派对，又深具艺术涵养的家庭感到自豪。

　　最终，他还是逃离苦海来到我身边，在我耳边低语："我们现在可以回家吗？"

　　"当然啦，"我说，"马上。"

正在这时，三位绅士进门了，看不清容貌。他们有点衣冠不整，或者，更准确地说，有点蓬头垢面。他们走的当然不是波西米亚风。虽然他们长发披散，但看起来已步入中年。他们隆重地进场，向奶奶深深鞠躬，并亲了亲她的手背。她把他们引到尽头靠近窗户的一张空桌前就座，每人都端起了一杯香槟。不多久，其中一人的杯子摔落在地上。他张皇失措，但奶奶却笑容满面，尽管我知道她有多么珍爱那杯子——那是结婚礼物吧，我猜。咖啡和蛋糕被端上桌，奶奶仍给他们三人上着香槟，把我们其他人晾在了一边。

我看到乔尼灵巧地挨着墙根挪移，仔细地打量着挂在墙上的各种玩意儿，最后，他来到那三位绅士坐着的桌子前。他当然不知道这张桌子其实是为那些不太体面的人专门预留的，亲爱的、可爱的乔尼。但到最后他似乎也乐在其中。

三人中的一人来到酒桌前，察看一番，提起一瓶威士忌便往回走，途中向奶奶深深鞠了一躬，奶奶牵强地笑了笑。

一旁的艺术评论家继续深入话题，但仍旧高谈阔论着知觉论。我静静起身，悄悄来到乔尼身边，因为听那些我一无所知或根本不关心的东西实在太压抑了。其中一名绅士的灰胡子耷拉着，他推了下眼镜说道："他写了你很多坏话，鞠克苏。"

"没错，"那位鞠克苏说道，"但只有三英寸长。"

"你竟然还量了？"

"当然啦，我拿尺子量了下。正好三英寸。就像你买的香浓豌豆汤放在一个塑料袋中打包，你一下就能看见自己买了什么。你的画作绝对不会被刊登，而这些新来的呢，他们却能将画亮出来，天哪！"

第三个人搭腔道："问题是，他都是行将就木的人了，却只想着逢迎年轻人。"

"没错，这感觉真不爽。"

"但是生活并不尽如人意，不可能想要什么就有什么。"留胡子的男士说。

"确实。"

他们继续冷静又若有所思地聊着。听起来像习惯了一起闲聊又不会为实际的话题所困扰的人。他们只是在陈述。他们才不会讲什么知觉之类的东西，相比之下对房租上涨，或对画作不公正的评论更感兴趣，然而你能奢求什么呢……但当奶奶又在屋内和蔼地巡走时，他们突然变得活泼、殷勤。乔尼一言未发，但可以看出他已心醉神迷。他们不怎么关注我们俩，但也一直往我们杯中续着酒，并让出位置让我靠桌坐下。他们谈话的内容宽慰人心，我们仿佛找到了心灵的避难所。他们也不问我们姓名，一切顺其自然。

寿宴已接近尾声。屋内光线变得昏暗，打闹的孩子们也不见了。突然有人打开了头顶的吊灯，还有人送来了小酥饼。那个叫鞠克苏的男士站起身来。我们其他人也纷纷起身，不约而同地来到了大厅。冲奶奶一阵点头哈腰，表达了真挚的祝福以后，我们乘电梯下了楼。临走时，奶奶悄悄对我说："别再给他们买酒喝了，他们有三个人呢，你可买不起。"但我觉得她应该已经看到鞠克苏偷拿了一瓶威士忌，藏在了大衣里。

*

从屋里出来走在大街上有点冷。四周一片寂静。没有汽车，没有行人，也没有春季的夜晚独有的暗光。大家沉默了好一阵之后，我们相互介绍了自己。他们分别叫凯克、鞠克苏、而另一个留胡子的叫威廉。

"好吧，我们出发吧，"威廉说，"我们想去城里，但不是去老地方。"

"当然，"凯克接道，"不去那儿，那儿的风景没以前好了。我们先找个地方坐下再慢慢商量吧。"然后他转向我，很温柔地对我说："你们俩住在一起多久了？"

"两个月。"我回答道，"嗯，将近两个半月了。"

"相处得不错吧？"

"没错，非常好。"

威廉说道："我们去老地方，有报纸的地方。"

我们来到了海港旁的帐篷市场外面。每人从垃圾桶里拣出一张报纸铺在地上，沿着码头边缘坐成一排。整个广场空空如也。

"我们来喝两口，"鞠克苏对乔尼说道，"但我们没有杯子，对着瓶口喝希望你妻子不会介意。你都不怎么说话，没事吧？"

"没事。"乔尼答道。

我觉得自己应该离开，让他单独与他们三人相处。我转向威廉，礼貌地说道："这里真漂亮。我喜欢对人生不太执着的人。"

"你还年轻，"威廉说，"但你有一位伟大的奶奶。"

我们一起喝酒，突然乔尼兴奋地大声说道："我刚才一直在听你们聊天，说到生活并不尽如人意，不可能想要什么就有什么，但是我认为除了那些遥不可及的愿望，我们还是要对自己和他人抱有一定的期望……要把目标定得高一些，因为到最后的结果肯定比目标稍低，如果你们明白我的意思，就像弓和箭……"

"说得没错，"凯克安慰地说道，"说得太对了。看，它们来了。我喜欢船。"

我们一边畅饮，一边看着渔船缓缓地驶向码头。两个醉汉从船上跟跟跄跄地走下来。"你好，凯克，"其中一个说道，"哦，对不起，你们有伴了。有烟吗？"

凯克发给他们一人一根香烟，他们就走了。高耸入云的大教堂圆顶静谧地像这空旷广场的一个纯洁梦境。赫尔辛基美得令人窒息，我从没注意到过它可以如此美丽。

"尼古拉教堂，"鞠克苏说，"他们想改变一切，因此现在称之为大教堂。真白痴，这个名字一点韵味都没有。"他让空酒瓶滑入水中，继续陈述着对他们无法再创作出像样诗歌的看法。

夜色漆黑一片，如同往年的五月一样，但我们仍然不需要任何光亮。

"能不能告诉我，"我请求道，"他们说的知觉是什么意思？"

"观察力，"威廉答道，"你看到一些东西，然后突然萌生了一些老思想，或最好是一些新思想。"

"对，"凯克说，"新思想。"

我感觉好冷，突然愠怒，说道："办八十大寿真是愚不可及。"

"亲爱的朋友，"威廉说，"寿宴很体面，从一方面看也很华丽，但现在已经结束了。只剩我们这一帮人坐在一起反思。"

"反思什么？"鞠克苏问。

"反思自己，反思一切！"

"你认为奶奶这时候会反思什么？"

"谁知道呢。"

威廉继续说："比如，一周五十场生意，穿得破烂不堪，竟然还有时间跟那些年轻人厮混，这群混蛋。"

"你在说谁？"我问道。

"那些艺术评论家，一周五十场展出。"

"但再也没有人问我们了，"凯克说道。"我们已经过时了，评论我们的时代已经过去了。"他思考了一会儿，"我的屁股都坐冷了，走吧。"

我们继续沿着码头走，凯克问我想从生活中得到什么。

我犹豫了一下。然后说道："爱情。安全感吧，可能。"

"当然，"他说道，"没错。最起码对你来说是这样。"

"还有旅行，"我补充道，"我对旅行真的很有激情。"

凯克沉默了一阵，然后说道："激情。你看，我活这么大年纪了，也就是说，我工作的时间也很长了。但是你知道吗？在这个很愚蠢的行业，最重要的东西只有一个，那就是激情。它总是来了又去。最开始它姗姗而来，不需任何代价，但你不理解，不知道珍惜，而后来却变成了你需要去苦心培养的东西。"

天变得更冷了。他走得太慢，我都快冻僵了。

然后他说道："之后你就会看不清楚整个局势。我们没烟了。"

"怎么可能，"鞠克苏说道，"菲利普·莫瑞斯（也就是奶奶）塞给了我一包。她最了解我了。"

凯克走向另外两人。他们点燃烟，又如之前一样慢慢走着。

乔尼和我跟在他们身后。我小声说："你听烦了没？要不要回家？"

"嘘，"他说道，"我想听他们在说什么。"

"他的黏土啊，"威廉说道，"流入了外行手里。一个奸诈的无名小卒。他死了不到两天，这个讨厌的家伙就到他家里，从那寡妇手里买走了，没给几个钱。他都那么老了，想想那些黏土。"

"等一下，乔尼，"我说道，"我鞋里进沙子了。"但乔尼头也不回地继续跟在他们后边。

当他回过头来异常兴奋地告诉我，黏土是如何随着时间的沉淀变得富有生命，如何一直使用同种黏土做每个雕塑，不让它们风干的，还有新黏土就不一样，它没有生命……

我问他那三人哪个是真正的雕塑家，他说不知道。

"他们只是在讨论看到的一幅画，"他说，"所以我也不知道。"但他很兴奋地问我家里有没有什么可以招待他们的东西，任何东西都行。我还没来得及开口，乔尼就说道："但是不管怎样，我们以后可没这么好的机会了。我真的很想邀请他们。"

我知道家里没多少东西，乔尼其实也心知肚明。有一些凤尾鱼、面包、黄油和奶酪，但只有一瓶红酒。

"足够了，"乔尼说，"我们俩可以假装喝酒。他们待一会儿，一大会儿，可以不？而且马上就到家了。"

"好吧，就这样吧。"我说，他开心地笑。

布朗斯巴克真漂亮：新叶窜出，一切都富有生机。一刹那，我不再感到疲倦，因为我知道乔尼很开心。

我们在一棵高大的稠李树①前驻足，整棵树花团锦簇，在春夜的月色下泛着白光。我注视着这棵树，瞬间意识到自己从来没有以我该爱乔尼的方式去爱他。

凯克望着我说道："只是个礼品而已，并不能说明什么。"

我不明白他在说什么。接着往前走。

他说："你知道吗，你奶奶除了树从来不画其他的东西，而且只画同一个公园的树。所以她了解树，了解它们的精髓。她非常强大。从来不会丧失激情。"

我当然非常敬佩这几位能重拾久违的激情、对其他事物漠不关心的人，但同时我还在担心着家里的咖啡不够，房间的凌乱。我开始回想家里墙壁上都有什么东西；或许上面挂的图片会让他们无法接受，但恰恰是我们莫名其妙喜欢的东

---

① 稠李，蔷薇科稠李属落叶乔木。

西。凯克问我冷不冷。

"不冷，"我说，"再穿过一条街我们就到家了。"

"你奶奶，"凯克说，"有没有和你谈起过她的工作？"

"没有，她从来不谈工作。"

"很好，"凯克接道，"这样挺好的。六十年代的时候她就受过他们炮轰，但你奶奶却不为所动，不卑不亢。你知道吗，亲爱的……哦，对不起，你叫什么？"

"梅。"我说。

"好名字。你知道吗，那时候非正式主义搞得风生水起，每个人的作品都是一个风格。"他望着我，看出我听不明白，"非正式主义大概就是不采用固定的形式，只利用色彩的创作。那时候许多上了年纪又才华出众的艺术家成天躲在画室里，想创作出同年轻人一样的作品。他们生怕被社会淘汰。有些人多多少少成功了，而其他更多的人发现自己只是邯郸学步。但是你奶奶却秉承着自己的风格，始终如一，即使其他的风格都迎来了属于它们的时刻，她也没有放弃过。她是那么的勇敢，或者说固执。"

我认真地说道："或许她只能够以自己的方式作画？"

"太好了，"凯克说，"她也是走投无路。你太会宽慰人了。"

不知不觉间已来到我家门前，我说："我们大家小声点，要不然邻居要抱怨了。乔尼，你上楼从冰箱里拿些东西出来，把能找到的全拿来。"

我们进了门。乔尼拿出红酒和酒杯，客人坐下了，继续交谈着。我们没有开灯，窗外射进来的月光足以照明。

过了一会儿，乔尼说他有东西想给大家看，我知道他想拿他的模型船出来炫耀。他已经捣鼓了许多年，每个小细节都是纯手工做的。他们走进客房，乔尼将吊灯打开。我听到了一阵喃喃细语，但没打扰他们，径直走到餐厅煮了些咖啡。

过了会儿，乔尼来到我们的小厨房。"他们说我有激情，"他小声嘀咕，"我有自己的想法。"他非常兴奋。"但不是他们要的，与他们寻找的那种不一样。"

"很好啊！"我说道，"你把咖啡端过去，我拿剩下的。"

当我们走出来，威廉正提到我们回家路上看到的那棵稠李树。他说："遇到这样的事物，你能怎么样？"

"让它绽放，"凯克道，"呦，我们可爱的女主人来了！难道不对吗？难道不应该让它绽放供人欣赏吗？这是一种生活方式。而试图再创作又是另一种方式。归根结底还是生活。"

大家散后，乔尼一直很安静。直到我们躺在床上了，他才说："或许我的激情没什么特别的，但至少它是属于我的。"

　　"它就是。"我说。

夏天来的小破孩

事情从一开始就很明白了，在贝肯那地方也不会有人喜欢他。他是一个身材瘦削、表情阴郁的十一岁男孩，不知为何他看起来总是很饿的样子。本来这样的一个男孩应该很能激发出人们心中最柔软的保护欲，可他并没有。部分原因应该归结于他看人的方式，或者说，观察人的方式，那种充满怀疑、状如尖刺般的凝视，绝非一般小孩的眼神。还有他那古怪又早熟的长篇大论，我的天哪，还有从他嘴里冒出来的那些事情！

其实，要是埃利斯是个穷人家的孩子，这一切也许会更容易理解一点吧，可是他并不是。他的衣服和行李箱显然价值昂贵，他爸爸还是用轿车把他给送到渡船码头来的。这一切都已通过广告和电话安排妥当了：弗雷德里克森一家出于善心才把自己家作为度假屋，邀请一个孩子来过暑假。当然，收了点费用。阿克塞尔和汉娜也彻头彻尾地讨论过这事——所有大城市的小孩都需要新鲜的空气、树木、水和可口的食物。他们用那些大家都懂的道理来说服自己，才能在夜里睡得踏实。其实现在还有好多事情必须在六月底前做完。还有好多夏季游客的船依旧静静地躺在他们的船坞里，其中有几艘都还没来得及好好地检查呢。

男孩就这样到了，还为他的女主人带来一捧玫瑰花。

"你真的不用破费的，埃利斯，"汉娜这样说着，对他表示感谢，"是不是你妈妈让你把这些花带来的呀？"

"不是的，弗雷德里克森夫人，"埃利斯回答，"我妈妈再婚了。这是我爸爸买的。"

"他真是个好人啊……但是他怎么不多待一会儿再走呢？"

"恐怕不行，他有个重要的会议。他让我代他向您问好。"

"是啊是啊，对啊，"艾利克斯·弗雷德里克森说，"好了，那我们上船回家吧。孩子们都等不及要见你呢。这可真是个不错的行李箱。"

埃利斯告诉他们这个箱子要四百五十五马克[1]。

阿克塞尔的船非常大，是一艘结实的带甲板室的渔船。那是他自己亲手建造的。男孩笨拙地爬上船来，在溅出第一朵水花的那刻就一把抓住座位，然后紧闭双眼。

"阿克塞尔，你别开这么快。"汉娜说。

"他可以进甲板室歇着。"

但是埃利斯不肯放开座位，甚至一路上连大海都没敢看一眼。

孩子们正在码头等着——汤姆、奥斯瓦德还有大家昵称为米娅的小卡米拉。

"好吧，"阿克塞尔说，"这是埃利斯。他和汤姆同龄，所以你们应该玩得来。"

埃利斯踏上码头，走向汤姆，握住他的手，微微一鞠躬，说出了自己的全名："我叫埃利斯·格拉斯巴克。"然后他对奥斯瓦德也是同样的一套动作，但是对着情不自禁捂嘴直

_____

① 马克，古代欧洲的货币计量单位。

笑的米娅，他只是看了看她。他们一起走向小屋，阿克塞尔提着行李箱，汉娜拿着从当地商店买来的一篮子东西。她烧水煮咖啡，三明治已经做好。孩子们围着餐桌坐了下来，眼睛齐刷刷地盯着埃利斯。

"自己吃自己的，"汉娜催促他们，"埃利斯是新来的，所以他可以第一个来。"

埃利斯半站起来，拿起一块三明治，身体弯得像一把小弓，然后开口寒暄着，"每年的这个时候真是惊人的热啊。"孩子们像着了魔一样继续盯着他，米娅说："妈妈，他为什么这个样子啊？"

"嘘，"汉娜说，"埃利斯，请自己夹些鲑鱼吃吧。我们星期四刚抓到了四条。"

埃利斯再次半站起来，并评论着，"这么脏的水里你们还能钓上鲑鱼来可真是了不起啊。"然后他告诉他们鲑鱼在城里要卖多少钱，对那些能在特殊节日之外还能吃到鲑鱼的人来说意味着什么。不知怎么的，他的话让他们不太舒服。

晚上，当汤姆提着污水桶出去，准备倒进海湾里时，埃利斯跟着他，目睹了他的所作所为，然后开始喋喋不休地聊起污染海洋还有不负责任的人们是如何毁掉整个世界的。

"他是个奇怪的人，"汤姆说，"你没法和他聊天。他就那么不停地说着污染啊，这个那个的值多少钱啊之类的。"

"别管那么多，"汉娜说，"他是我们的客人。"

"客人中的怪人！他总是在我四周打转！"

这倒是真的。无论汤姆去哪里，埃利斯都跟在他身后：船屋、钓鱼海滩、柴堆，简直是所有的地方。

"你现在在干吗？"

"我在做个勺子，这不明摆着的。"

"你为什么不用塑料的勺子？"

"我们只用这样的，"汤姆轻蔑地说，"这个勺子要做成特别的形状，做成得花一阵工夫。"

埃利斯接受了这个说法，认真地说："当然。做好后再装饰它也要花一阵工夫。但是这实在是有点浪费啊。"

"怎么讲？"

"我的意思是说，因为世界终将毁灭，你还不如用塑料的得了。"

然后他又开始说什么核战啊，这个那个的，鬼知道他说的什么，什么也没说但也什么都说了。

他们的房间是厨房上面的阁楼，有个斜屋顶和窗户，望向窗外能看到一片草地。到了晚上，埃利斯会花上"几个世纪"的时间来叠他的衣服并挂起来，把他右脚那只鞋整整齐齐地放在左脚那只的旁边，然后给他的手表上发条。

"是啊，但是你讲这么多的意义在哪儿？"汤姆说，"你说核战随时可能爆发，甚至可能是明天。然后，弗里伯格的小黄瓜就全遭殃了。"

"弗里伯格的小黄瓜？"

"这就是一种说法。"

"为什么？谁是弗里伯格？"

"去躺会儿睡个觉吧，别冒傻气了。我不想说话了。"

埃利斯转身对着墙。他的沉默直截了当，但是你很清楚地知道他在想什么，你一点点地就会明白最后该来的还是会来，没有什么能让它停下来，然后它来了，轻声细语的陈词滥调，被破坏了的海啦，被破坏了的空气啦，然后所有的战争啦，所有没饭吃的人啦，到处都是死人啦，每时每刻都在死人啦，我们能做什么啦……

汤姆从床上坐起来，说："但那离我们还十万八千里呢。说真的，你这人是怎么回事？"

"我不知道，"埃利斯说，过了一会儿又补充道，"别生我的气了。"

然后，终于，安静了。

汤姆习惯了作为家里最大的小孩，凡事都由他来做决定，对奥斯瓦德和米娅下命令，给他们闯下的祸收拾残局。这是大哥哥们都会做的，但是不知为何埃利斯就不会这样。虽然他和汤姆明明一样的年纪，可对他来说你完全就没有道理可讲。你就是会对他生气。就算他崇拜你，对你来说也不是一件让人愉快的事。而且，一切都是这么不公平。就像鹏鹏①那件事一样。那只鸟被卡在窝里又不是汤姆的错。这种事就是发生了。他把它扔进水里，埃利斯就对这件事大做文章。"汤姆，那只鹏鹏花了好长的时间才咽气啊。它们可能沉了几十米深呢。你知道这事吗？想想它会有什么感觉，它花了该有多长时间来拼命屏住它的呼吸……"

"你疯了。"汤姆说。但是埃利斯感觉糟透了。

他也有可能说："我知道你是怎么对那些小猫的，你把它们淹死了。你究竟知不知道……"然后说啊说啊——让人无法忍受。

---

① 鹏鹏，一种外形如鸭，嘴直而尖的水鸟。

埃利斯把鹅鹩埋在了通往城里的那条路边，那里曾经发生过一次森林大火，现在树桩遍地，除了柳草什么也没剩下。请你相信他就是能找到那样的地方。他竖起一块十字架并在上面写下一个数字"一"。然后，其他坟墓接踵而来——老鼠夹上的老鼠，撞破窗玻璃的鸟，被毒死的田鼠，每一个都庄重地被下葬并标上号码。有时候，埃利斯会顺带念念有词，说根本没有人关心这些孤单的坟墓。"你自己的家族墓园在哪里呢？我很想知道。你有没有一大堆的亲戚埋在那里？"

如何让人们的良心感到不安，这方面他是专家。有时候他只需要用他那双阴郁的、成人般的眼睛看着你，你立马会想起你犯下的所有错误。

一天，当埃利斯的不祥预言说得比平时还要更阴郁时，汉娜打断了他："你非常了解所有关于死亡和痛苦的事情，是不是，埃利斯？"

"我也没办法，"他严肃地回答，"再没人会关心。"

有一瞬间汉娜也不知道撞了什么邪，想要把这孩子揽在怀里抱抱他，但是他严厉笃定的眼神喝止了她。"我不能对他这么严苛。"后来她告诉自己，"我必须更温柔一点。"可是还没等她有机会，就发生了一些糟糕至极，且不可原谅的事。埃利斯答应给小米娅三块芬兰马克来看她的屁股。"他想看我尿尿。"米娅说。然后，几乎同样糟糕的是，埃利斯问他的房东："因为我你能得多少钱？"

"你说什么？"

"因为我你每个月能拿多少钱？是直接交易吗？我是说，这钱你用缴税吗？"

阿克塞尔和他妻子交换了一个眼神，然后离开了厨房。

不仅如此，埃利斯还有一个真正的天赋就是发现被损坏的东西。他总是拖着坏了的东西并且把它们给汤姆看。"你能修好它吗？你可以修好任何东西。看，它淋过雨所以全都长霉了。它以前也是很好的，以前。"

"把它扔了吧，"汤姆说，"我只做新东西。我可不想管那些垃圾。"

埃利斯在他的墓园后面找了块地方堆放这些垃圾。这堆垃圾越来越多，他似乎有点开始为他这些收藏品而感到自豪了。没人注意过这些散落在小山坡上的破破烂烂、毫无用处的垃圾。他们就是看不见。但是埃利斯用他那尖锐、挑剔的眼光就能看见。有时候，当他用这种眼光盯着这一大家子人看时，他们会突然发现，原来他们的工作服，还有他们的手有多污秽。

有一次，汉娜用一种身为长者的口气跟他说："埃利斯，请你，吃你的饭，别再为凡事而烦闷了。在你的瘦骨头上多长点肉吧，不然你爸爸秋天来接你时该为你感到难过了。"

埃利斯说："你是说你能忍我忍到秋天？"看没人说话，他继续说，"你浪费了太多的食物了。你难道从来不为世界上那些没饭吃的人想想吗？我很遗憾我不得不这么说，但是我知道你丢掉的那些食物还有它们是如何最终流向大海的。"

"够了！"阿克塞尔突然吼起来，在餐桌边站起来，"我要出去看看船去。"

不容否认，弗雷德里克森一家是有点娇气了。他们只喜欢绝对新鲜的食物，无论是鱼还是肉，或是汉娜的自制面包，所以有很多其他东西，就像所说的，都和弗里伯格的腌黄瓜一起被浪费了。埃利斯立刻就发现了这个事实。他会自己走到冰箱前端出剩菜，这些剩菜平时都会放在那里等到完全不新鲜了才会问心无愧地扔掉。他会小心翼翼地挽救这些残羹剩饭并吃掉它们。他可能会说这样的话，比如："不用给我肉丸了，谢谢。给我陈了的鱼汤就好。"

"哈哈。"奥斯瓦德笑起来，他会密切注意大多数正在发生的事情并对之加以思考，而因为这个暑假男孩的到来使他再也没有跟哥哥一起玩了。"哈哈。你是我们家的新污水桶，是吗？"

"我们该吃什么就吃什么，"阿克塞尔说，"但是对我们的客人吃的什么品头论足可就没礼貌了。食物可不是拿出来让人讨论的东西。它不过是一种既成事实。"

"我看未必如此，"埃利斯反对道，"想想那些穷人，他们没有……"但他也只能说到这里了，因为阿克塞尔拿手拍着桌子说道，"你别说话了！你们其他人也是一样。这家简直不得安宁了。"

门外面，幸好，所有的一切还是完全的平静。这时节正是微风徐徐、夏雨绵绵的时候；园子里苹果树正在开花，自然界的一切都正处于自己最美好的样子。去年夏天，汤姆在树林里散步，沿着海岸走在明亮的夏夜里，可是今年他根本指望不上能一个人待会儿。

"妈妈，"他问，"他要待多久啊？"

"人们总是来了又走的，"汉娜答道，"放心吧。什么事情都有个过程。这次也是，会过去的。"

最糟糕的是埃利斯善于用一些无可争辩的统计数据来支

持自己提出的每个观点。每当有新闻出来，他都会把耳朵贴在收音机上收集新的不幸消息或是把旧的不幸消息给坐实了。新闻是他唯一关心的节目。但是他有时候也会把一些真实的灾难和他自己的幻想结合起来，然后像一条条小虫一样钻进他那可怕的预言深处中去，汤姆不知道哪里才是出路。

有埃利斯在身边，你总是不得不做最坏的打算。例如，老奶奶是当地医院的一位住院病人，但那天埃利斯走进房间时突然说："她死了！"后来才发现原来他说的不是老奶奶，而是一只只有一条腿的乌鸦，他足足照料了一个星期。上帝保佑。

有一天汉娜坐公车去看她的妈妈，埃利斯问她能不能带上他一起去，然后她想说为什么不呢。诚然，他是个令人毛骨悚然的孩子，但是他对所有处于不幸中的事物都怀有极大的兴趣。

尝试的结果是不会重复的。老奶奶已经不会把病床边的叹息和呻吟放在心上了。他哀伤地摇摇头，捏住她的手，仿佛在作最后的道别。等他走出房间几分钟后，她生气地问汉娜："你带来的这个让人讨厌的小孩是谁啊？"

这个暑假男孩给一家子人造成的影响每况愈下。他们都有点怕他了。阿克塞尔不再吃完饭后抽烟，而是跺着重重的脚步走到船屋去。他变得愁眉不展。有一天，当埃利斯开始盘问他的收入和政治观点时，他直接起身走了出去，把一桌子鱼汤甩在身后。虽然小米娅还太小，什么也不懂，但她也觉察到了这些变化，并且变得爱哭而难伺候。而奥斯瓦德开始变得整天风言醋语。汤姆不像从前那样有时间陪他了，有一天他们一起去钓鱼时，他们也不像以前那样要好和睦了。奥斯瓦德想出些狠毒的讽刺："你真的打算谋杀那只可怜的小鳕鱼吗？"或是"看看今天的渔网里面有多少尸体啊！"整个家庭已经落入阴郁重重中了。

阿克塞尔和汉娜也知道让汤姆整天和这个暑假男孩待在一起，对他来说一种痛苦的负担，可是他们又能怎么做呢？家里的事已经让他们忙不过来了，孩子们基本上只能自己照顾自己。

一天，阿克塞尔说："汤姆，别管砍柴火的事了，麻烦你，帮忙照看一下埃利斯吧。"

"我情愿去砍柴火。但是不管我在干什么他都要和我纠缠不清，我做什么又有什么不同呢？""嗯，你想做什么就去做吧。"阿克塞尔无助地说，正要走开的时候，突然转过身来说，"我为所有这一切感到抱歉。"

你以为你邀请来了一个城里的穷小孩，但是你错了，你给你自己揽上了一个顽固的评论观察家，他对这个世界上的罪恶和哀伤决不放弃。城里人都把他们的小孩培养成这样用怀疑的眼光看世界？他们在孩子身上装上他们现在还没法理解和控制的道德感？阿克塞尔和他妻子讨论了这件事，她认为很可能他们就是这样做的。这个孩子需要改变。现在天气这么温和美好，为什么不带他去海上转转呢？汉娜可以趁这个时间去看看她住在洛维萨的亲戚，而阿克塞尔正好得把几个汽油桶搬到灯塔那儿去。那天一早海岸警卫队打电话告诉他们瓦斯特巴达的灯塔灭了，所以他得去给船加满油，把汽油桶搬上船去，汉娜开始把午餐装起来。

埃利斯非常兴奋。因为担心风暴的来临，他用指头不停地敲击着气压表，并问他们岛和灯塔的事情——它们是真的小岛，小小的小岛吗？

"就像蚊子屎那么点大，"汤姆说，"怎么啦？"

埃利斯庄严地说，他以前读过一篇叫做《欢乐岛》的故事，故事里的岛非常非常的小。

"是啊，是啊，"汤姆说，"快点吧，爸爸在等着呢。"

"来吧，快跳进来！"阿克塞尔喊道，"我们开始度假喽，把所有的烦恼都丢到脑后！"

孩子们跳上船。汉娜站在码头上挥手，船笔直地驶向海洋。今天天气宜人，阳光明媚，高高的积雨云倒映在海中，让人分不清海平线的位置。埃利斯时而抓住围栏，寻找着小岛的影子，时而对着汤姆咧嘴大笑——看起来，他终于让自己真正地开心这么一次了。是啊，你正在度假呢你这小混蛋，汤姆心想。有一瞬间你会忘掉这个世界终将结束，你只会想着你自己。痛苦的不公平感在他心中涌出，他决定在出来和回家的路上都不再理会埃利斯。

第一个灯塔建在一处低矮的礁石上，礁石中间有一丛灌木被风呼呼吹过树冠。在他们登上岸时，一群海鸥飞了起来，在天空盘旋、尖叫。阿克塞尔把新汽油桶提到岸上，从岩石间把它们拖到灯塔那儿去。一开始埃利斯只是站着看，像根拨火棍一样身体僵硬，然后他急匆匆地跑进灌木丛中，接着突然像被人扔了出来似的弹了回来。母绒鸭怒吼着从自家窝里飞了出来，但是埃利斯几乎对它视而不见。他来回跑着，用尽所有力气呼喊着，最终又猛地冲进长满岩高兰的灌木丛中。

"我说过他疯了，"奥斯瓦德轻蔑地说道，"而你却让那样的人没日没夜地追着你跑。你可真是交了个好朋友啊！"

汤姆慢慢走向埃利斯躺着的地方，他正躺着望向天空，满脸的放肆和满足。

埃利斯说："我以前从来没有到过真正的海岛上，连看起来像个海岛的地方都没有去过。它这么小，归我了。"

"你在说胡话了，"汤姆说，"不管怎么说，它也是属于绒鸭的。"说完，他走开了。

当阿克塞尔回来准备去往下一个灯塔时，埃利斯不愿意走了。"我想待在这里，"他说，"我喜欢这个小岛。"

"但是我回来可能要花几个小时，"阿克塞尔反对道，"我们还得给远处的灯塔带去光亮呢。那边更有意思，有高高的海岛，有你喜欢的各种东西。"

"没关系，"埃利斯说，"你们去吧。我留在这里。"

他们没法让他改变主意。最后，阿克塞尔把汤姆叫到一边，说："你还是陪他一起留在这里吧，我会回来接你们的。免得他掉进水里或做些蠢事情，我们可得为那个男孩负责呀。"

小米娅叫了起来："去下一个灯塔！去下一个灯塔！"

"但是爸爸，"汤姆说，"我得和他待在这么块巴掌大的地方耗上几个小时吗？"

"因为你有这个能力。"他父亲说着，起锚开船。"有时候我们都得做我们不喜欢的事。"

"想办法给他找些腐烂的小鸟吧！"奥斯瓦德的声音从海那边传来，"小保姆！"

还没等他们到达下一个灯塔，阿克塞尔就发现他还拿着午餐包。汉娜绝不会干出这样的事，绝不会忘记这些——但是算了，事情本可能会更糟的呢。

然而一个小时后事情真的变得更糟了。油管断掉了，这种东西可不是你动动手腕就能修得好的。

*

"你知道吗，"埃利斯说，语气听起来有些虔诚，"这个岛非常棒。它很偏僻，又没有什么危险能接近它。而且水绝对清澈。"

"你就这么想吧。"汤姆说。他向海岬的远处走去，开始往水里扔小石头。除了等待，让时间快点过去以外，没任何事可做，他真是无聊极了。哈哈，真是个"欢乐岛"啊！阴郁的想法来了又走，一会儿又来了：一整个夏天无休无止的折磨和责任，没机会真正一个人待过，被一堆愚蠢的葬礼和垃圾围着……而且，好像今天的悲惨还不够糟似的，还有人要强迫他听着明天的悲惨，让他知道世界的一切只会变得越来越糟。真是不公平！

就在此时埃利斯跑了过来，眼睛瞪得溜圆，大声叫道："深蓝海洋中被遗忘的海岛！真是妙啊！多么干净啊！多么的荒无人烟，空无一人啊！"

"真是妙……你个头，"汤姆说，"小岛并不是真的荒芜了，今年有这么多小绒鸭生出来。"他耸耸肩，补充道，"但是如果你继续那么干，就不会有那么多窝了。"

"什么意思？"

"就是说你把一只母绒鸭从它的窝里给吓出来，它不会回去了。这些鸟很敏感。"

埃利斯一语不发。看着他一步步跨进岩高兰灌木丛深处是一件有意思的事，他一次一步慢慢迈出，手肘紧紧靠着身体两边，瘦瘦的脖子往前探着。上帝保佑啊，现在他自己也能感受一下让人良心不安是什么感觉了。汤姆跟在他后面。

埃利斯看见脚下有五只小鸟，非常小，深色蓬松的羽毛，坐在它们的窝里一动不动。

"它们没事吧？"埃利斯轻声地说。

"噢，别想这件事了。想想你是怎么说的，'深蓝海洋中被遗忘的海岛'，你不就是这么说的吗？知道这样一个小岛会被人们遗忘，可能让你觉得很有趣吧。可是你想找到回去的路可就不容易了。"

埃利斯只是目不转睛地盯着。

"你不相信？这种事经常发生。"汤姆坐下来，用手托住下巴，"我可不想吓你，但是有时候他们在这附近的海滩发现了人类的骸骨。最好别细想这件事。或许他们只是坐在那里等啊等啊等，却从没有人来过。"

"但是他身上带着地图的。"埃利斯说。

"有吗？来想想看吧，他把地图留在家里了……真是糟糕啊。"汤姆叹了口气，从指缝间迅速瞄了一眼埃利斯。他简直忍不住要笑出来了。把这次当作你的一个灾难怎么样？我可以让它更糟一点。你等着瞧吧。

埃利斯走过去坐在一块岩石后面。太阳晃到了下午的时光，墨蚊唱个不停，海鸟安静地返回了它们的巢里。

当汤姆感到饿了的时候，他突然想出来个主意。他走到埃利斯身边，告诉他他们有麻烦了。他们没吃的——就像世界上所有那些贫穷的人们一样。"当然，你也可以吃些岩高兰浆果，"他说，"但是它们会让你的胃非常难受。另外，如果你渴了，你后面有一处岩石围成的水潭，但是那水又咸又污浊，连水虱子在里面都活不成。"他决定继续添油加醋。"你可以用你的牙齿缝把它们的尸体滤掉。"他这样说着，但他立刻意识到他说过火了，他的话有点人身攻击了，失去了刚才的那种活灵活现感。埃利斯目光犀利地盯着他看了好一阵，然后扭过身去。

海水的颜色变得更深了。已经过去好几个小时，阿克塞尔早就该回来了。除了吓唬埃利斯也没什么事好做的。为什么阿克塞尔还没来呢？这让汤姆心神不宁。这样浪费一整天，阿克塞尔是什么意思呢？不祥之兆渐渐浮上心头，他不喜欢这种感觉。

"埃利斯！"他叫喊着，"你在哪儿？快过来一下！"

埃利斯走了过来，鬼鬼祟祟地看着他。

"听着，"汤姆说，"我该告诉你点事了。天气不正常。暴风雨马上就要来了。"

"可是现在还这么平静呢。"埃利斯说道，语气中带着不信任。

"这叫暴风眼，"汤姆解释道，"你根本就不了解海洋。什么事情都是突然发生的——'咣'的一下子，海浪能把整个岛都冲刷个遍。"

"那我们还有灯塔啊？"

"灯塔是锁着的。我们进不去。"汤姆说个不停，"晚上会有蛇出来的……"

"你在编故事吧。"

"也许是吧，也许我没有。你打算怎么办？"

埃利斯慢慢地说："你不喜欢我。"

*

最糟糕的是他们什么也不能做。汤姆把他的小刀拿了出来，走进被风吹落的果实中，砍下一些小树枝用来做个小棚子，就像他以前和奥斯瓦德一起去探险时搭的那些小棚子一样。他削着砍着，直到汗水从脖子上淌下来，虽然这一切完全毫无意义，但是他受不了埃利斯这样一直盯着他。渐渐就要天黑了，还是没有一艘船过来……现在埃利斯又想知道他是不是在做求救信号。

"不是！我们又没有火柴。"汤姆把他的小棚子的屋顶部分举了起来，把它固定在灌木丛上。真是蠢到家了，整件事都蠢到家了，还没有船……如果其中一个灯塔出了问题——不会的，如果是那样的话他肯定就会先回来了。肯定发生了别的事，很严重的事……整个屋顶部分突然塌了，他转过身来对着埃利斯大喊道："你怎么会知道暴风雨来了是什么样子呢？你从来就没见过暴风雨！一切都会变得昏暗……你会听见奇怪的声音越来越近，越来越近——然后所有的鸟都寂静无声……"

很明显他的话让埃利斯信服了，所以他继续说道："有时候暴风雨来临前水位会上升，但是有时候会下降。简直就是一场灾难！到时候你可以看看水位会有多低！全世界到处都是绿色的烂泥。迎面打来的海浪就像一面墙一样，所有的东西都会被冲走——所有的东西！"

"为什么你要这样？"埃利斯小声嘟囔。

"你在说什么？"

"为什么你不喜欢我呢？"

"那么，你为什么总是对我没完没了的呢？我对这一切都感到恶心和厌倦，再也没有什么快乐可言！你去找个地方睡觉吧！"

"可是蛇来了该怎么办？我害怕！"

"噢，好吧，这里根本就没有蛇，"汤姆不耐烦地大喊，"这样的小孤岛上从来就不存在什么蛇。我累坏了！我努力了，我努力试了我能想到的所有的办法，但你还是老样子。你整天就会说些古里古怪的玩意儿，你把我变得快和你一样古怪了。我爸爸也不回来，他早就该回来了！"

"我害怕，"埃利斯又说，"救救我吧……你知道该做什么事！"突然间他抓住了汤姆的衬衫，哭哭啼啼地说着他有多害怕。"你吓着我了，"他大喊，"救救我吧。任何事情你都做得好！"

汤姆使劲挣脱埃利斯，把他推倒在地。他坐在苔藓上愣着。他的大眼睛眯成一条缝，然后以一种很低的声音慢慢地说："是的，你说得对，你的父亲早就该回到这里了。为什么他没回来呢？肯定不是因为他没找到我们。你说的那些只是为了吓我。他肯定是出事了。"

埃利斯坐了一会儿，然后洋洋得意地继续说："可能是因为他摔断了腿，他只能躺在那儿。我们等啊等，可他永远不会来了……"

"胡说！"汤姆说着，暴跳如雷，"那种事情只可能在冬天才会发生，因为那个时候的岩石才会结冰。"他突然记起来去年秋天爸爸带着奥斯瓦德去灯塔的事，他们坐着等他们回来，汽油突然起火了，把一块镜片崩在了爸爸的脸上，让他几乎看不清东西，他用尽了全力才让他俩回到家，那时只有奥斯瓦德给他指引方向，可奥斯瓦德只是哭啊哭啊……

埃利斯继续说着，目不转睛地盯着汤姆的脸："他们不知道怎么回家。天色渐渐晚了。最后他们才意识到出事了。听起来没错吧？"

"我说你就是个胆小鬼！"汤姆吼道，"你害怕了！我一听就知道你是害怕了！"

突然，埃利斯用惊人的速度跳起来扑向汤姆，汤姆只看见一副怪相和两排牙齿闪着光影一掠而过，然后就被气急了的埃利斯使劲抱住摔在地上。他们在幽暗的常青灌木丛下滚来滚去，在编好的树枝顶棚下打了起来——你这个小混蛋，如果你松手我都不知道我会对你做出什么事来，我会一直打你。瘦弱的小身板在汤姆身下似乎紧绷到了爆炸的极限，显然战败对于他们两人来说都是不可能的，是难以想象的。他们必须继续。他们在沉默中扭打着，无声，无息。汤姆突然把埃利斯摔在一边使两人暂时分开了，但是因为树枝下的空间太小了两人都直不起身来，所以他们爬到中间继续扭打起来，这就是他们所能做的一切。

母绒鸭安静地坐在它的小巢里。它的羽毛和大地的颜色相同。他们突然看见了它，它也纹丝不动，然后他们小心翼翼地从编好的树枝下爬了出来，朝不同的方向走去。

现在已经是晚上了。西边的天空，靠近地平线的地方烧得像朵火红的玫瑰似的，但是现在绝对是晚上了。汤姆朝着海滩的方向走去，阿克塞尔一般都是从岸边来的。他的整个身躯都在激烈地颤抖着，他尽量不去想，不去想任何事。平静下来，求你了，让一切平静下来。他只想坐在斜坡上用他攥紧的拳头重重地压住眼窝，好让一切平静下来。过了好久，曾经的一个回忆突然在脑海里跳了出来，他让它浮现出来，它就浮现出来了。那次是灯塔里的汽油突然爆炸了。妈妈问他："阿克塞尔，你做了什么？"爸爸说："我爬了一会儿，直到我的眼睛又能看清点东西了，然后我把奥斯瓦德抱上船，尽量让他镇定下来。至少没有风，这就很好了。事情发生了你就得接受它。"他是这么说的——事情发生了你就得接受它。
然后汤姆说:"发生任何事爸爸都不会感到害怕。"爸爸说:"你
错了。我这辈子从来都没这么害怕过。"他就是这么说的——
我这辈子从来都没这么害怕过。

现在已经是午夜了,西边的天空已经把地方腾出来让给
了来自另一边的拂晓。天气冷得恐怖。汤姆走了回去,在黑
暗中他依稀分辨出大海映衬出的埃利斯的身影,然后汤姆说:
"他会回来的。他只是有重要的事情在忙,有走不开的事情。"

"还用你说嘛。"埃利斯说。

"用我说。现在没有风,这就很好了。事情发生了你就
得接受它。"

他们站着看了一会儿海。有几只海鸥从海岬那里飞来,
叫了一会儿,然后一切回归寂静。

汤姆说:"要不你睡会儿吧。他来了我会叫醒你的。"

*

阿克塞尔在天快亮时回来了。开始他们听见了微弱得像
是脉搏声的马达声,随后声音越来越大,船像一个小黑点一

样出现在灰色的清晨海洋上，接着他们渐渐能看清白色的胡子因为笑容往上弯着了。阿克塞尔绕开礁石，减慢速度，登上岸来。他看见他们就站在那里等着他，马上就明白了。一个孩子的鼻子肿得完全变形，似乎有点不真实了；另一个孩子只能勉强睁开一只眼睛往外看着。而且，他们的衣服都破了。

"好了，好了，"阿克塞尔说，"所以看起来一切都还在掌控之中嘛。引擎坏了，油管也断了。我很抱歉，但是当事情发生了你们就得接受它。一切都还好吗？"

"还好。"埃利斯说。

"那，来吧。跳上来，我们要回家了。但是别吵醒小鬼们，他们都累了。"

他们靠着引擎盖坐了下来，因为那里更暖和些。阿克塞尔用一块防水布给他们披上。

"这是午餐包，"阿克塞尔说，"吃完它，不然汉娜要生气的。热水瓶里还有咖啡。"

当船驶过海湾，东边的天空亮了起来，变成了粉红色。新一天的太阳把它的第一块小亮片抛在了地平线上。真是冷啊。

"先别睡着啊，"阿克塞尔说，"我给埃利斯带了点他喜欢的东西。看，你见过这么美丽的鸟骨头吗？你可以大摆排场，给它风光下葬。"

"它真是不同寻常地漂亮，"埃利斯说，"您能把它送给我真是好心，但是很抱歉，我得说我不想要它。"

然后他爬到汤姆的身边蜷缩着，不一会儿他们就在船的甲板上一起睡熟了。

异城奇遇记

　　我的孙子和孙媳妇过去一直劝我去南方，到他们那儿去。"你得离开那个阴冷的地方，"他们说，"越早越好。"意思是说：再晚就没机会了。

　　我并不是特别喜欢旅行，但我觉得最好还是接受他们友好的邀请去那里。而且，他们想向我炫耀他们一个月前或更早之前出生的女儿。哦，不对，或许他们的女儿一年前就出生了。总之，我还是去了。他们解释说我不适合疲累的长途飞行。他们觉得我应该中途在什么地方休息一下，舒舒服服地在旅店睡一觉然后第二天接着启程。真是没必要。但我还是让他们安排行程了。

当我们到达中途休息地的时候，天已经黑了。

在入境大厅，我想起帽子还落在飞机上。我想回去找找，但是安检不让我过去。我的腿好疼。我坐得太久了。我在飞机票上画一个帽子给他们看，但他们看不懂，只是指向下一个窗口。在那个窗口我交给他们我那布置周全的儿子为我整理好的所有材料。大多数材料早就检查盖章过了，但我怕出岔还是给他们再看了一遍。丢了帽子使我感到局促不安。总之，我讨厌旅行。我慢慢明白了他们是想问我随身带了多少钱。所以我拿出钱包让他们自己数一下，然后发现兜里还有一些。整件事耽误了很长时间，等到事情结束时，其他旅客几乎都走光了。我还担心自己会赶不上去镇上的汽车。他们把我带到另一个窗口。显然我已经来过这儿了。现在我已经焦虑不安了，或许还有些不耐烦。不知为何，他们把我带到一个柜台后面，检查了我的行李箱。我没法和他们解释我着急是因为丢了帽子，还有可能错过汽车。对，还有我对旅行的厌恶——我之前已经提到过了。

最后我又画了一个帽子，好多帽子，然后指了指我的头，努力挤出个笑脸。他们叫来了一个看起来十分从容的老头。他看了看我还有我的画，然后好像是说："你们怎么能看不懂呢？这位老人帽子丢了。"终于，我感觉他们明白我的意思了。当他们带我去下一个窗口时我十分惊讶。那儿有一个全是帽子、手套、雨伞之类的小房间。为了让事情更明了，我拿着我的画，把帽子涂黑了。这时候所有旅客都走了，工作人员开始关候机大厅的灯。行李车都推走了，我意识到他们想让我也离开。我指着架子上的一个帽子，用棍子敲了敲地板。他们把那个帽子拿给了我，不是我的，但我实在是对整个事烦透了，于是我直接戴在头上，填了张表。不用问，我又把表格写错行了，还得再来一遍。

最后我终于离开了航班楼，街道上一片寂静。机场周围杂乱的废墟如此有特点地向四周散开。这是一个雾蒙蒙而又冰冷的夜晚。当我竖耳倾听时我听得到远处的城市，对它有了一种完全不真实的印象。但是我告诉自己，完全没必要警觉起来，这只是一个几乎不可能再次遇到的不幸。深呼吸。等一下就好。有那么个瞬间，我想回去找个人帮我叫辆出租车。"出租车"在所有语言中肯定大同小异吧，而且我分分钟也能画出一辆出租车来。但是不知怎么的我就是不想回到那个漆黑的航班楼里。或许最后一班飞机也飞走了，今夜没有其他班次了。我小的时候又对他们那些大飞机——嗯，那会儿叫它飞行机器——知道多少呢？我的腿很疼，而且我很窝火。这条路看起来没有尽头，路灯中间是漫长的黑暗。我记得他们这儿供电不足。

所以我就在那儿等着。我又开始为自己记性越来越差而感到苦恼。每次当我等待时，就会想到这一点。我注意到自己经常性地向同一个人反复说同一件事情，事后意识到，总感到很羞愧。而且，说过的话就像帽子，像每一个人的面孔和他们的名字一样，很容易就被忘却。

当我站在那儿等待出租车时，我突然意识到了一个非常糟糕的事情。一开始我把它放在一边不考虑它，可它就是不肯放过我。到最后，我不得不面对这个令人不愉快的事实——我忘记旅店的名字了。完全记不起来了。我拿出纸想把它们全部梳理一遍。但是什么都记不起来了。我在路灯下把纸在行李箱上铺开，用膝盖压在上面，这样就不会落掉哪怕最细小的涂写了。我再次搜查了我的钱包。还是没有。在家里，我那做事有条理的儿子肯定已经帮我确定好旅店付过钱了。但是我把它放在哪儿了呢？入境大厅的某个地方或是飞机上？不行，我必须回忆起来。可是我越是敲自己的脑袋去想那个旅店名字，脑子越是一片空白。而且我知道在这个城市除非预定否则不可能找到还有空房的旅店。

现在我开始害怕打上一辆出租车了。我开始出汗，于是就摘下了帽子。这帽子对于我的头怎么说都太小太紧了。然后当我站在街两旁昏暗的灯光下戴着这顶奇怪的帽子时，我注意到帽子上面写了一个名字，帽子的主人把自己的名字写在了上面。我戴上眼镜瞅瞅。是的，毫无疑问，是一个名字和一个地址。这是一个安慰，也是一个出发点。一个真实的交流。我努力甩掉满身的疲惫。当我感到疲倦时，什么事也记不住。我想要保持注意力集中、清醒、果敢，不要迟钝也不能迷路，也不要不断重复说同样的话。人们马上察觉到这一点，然后他们就变得彬彬有礼，而且怀着令人尴尬的同情心。当我重复同一件事时我能立刻知道。不幸的是，我没能早点意识到……这个我刚才已经说过了。

这时，来了一辆出租车。一开始离得很远，然后驶近了，车灯昏暗，随后停在我面前。还有什么比给司机看帽子上的地址更自然的事情呢？二话不说，他载我向那座城市开去。我什么都不想。这是一段很长的路，周围的建筑物处在黑暗中，什么都看不见，只有雾更浓了。当车停下来时，我掏出钱包，司机仍端坐着，计价器关闭了。"美元。"最终他开口说道。我一张一张递给他，很难知道钱是不是给够了。司机只是耸耸肩，目视前方。确信无疑，当我提着行李箱下车的那一刻，我已经对整趟旅途厌恶透顶。面前的房子非常古老，像是中世纪建筑。广场上空无一人。

我打开了前门才意识到我有多么的幸运。它本可以轻易地锁上的。楼梯和高高的走廊，门上有号码却没有名字。我戴上最厚的用来集邮的眼镜，看帽子上写了些什么。真是令人欣慰，这个世界上还真有人不怕麻烦把长长的地址清楚地写下来。"十二号"，上面写着。我敲了敲门，马上就有人来开了。

不知怎么的，我本来期望是一个老人，我的意思是说，一个可能会丢失帽子的人，但这位却十分年轻，高大健硕，有着一头乱糟糟的亮黑色头发。当然，我至少得先学会一些基本的词组：晚安、打扰一下、抱歉我不懂你们的语言……然而事实是，我仅仅拿出帽子给他并说了声"抱歉"。他犹豫了一下，可能是以为我想让他放些东西在里面。于是我迅速翻过来把帽顶向上，又说了一声"抱歉"。

看到这他笑了，并用英语问我："请问有什么能帮您的？"

我一下子就释然了。

"我以为那是你的帽子，"我说，"真的非常抱歉，我想是我拿错了……看，这是你的名字和地址不是吗？"

他看了看，然后说："难以置信，这是我堂兄的帽子。他六个月前住在这儿。你是怎么找到它的？"

"飞机上。"

"哦，当然。他坐过几次飞机。他是个公务员。快进来吧，今晚上太冷了。您真是太好了，这么晚了还专门过来送帽子。"

这个房间比较狭小。借着桌子上一盏灯的光亮，我看到了令人舒适、有家的味道且不大整洁的场景：到处都是书本、报纸和大摞的纸。屋子里很冷。

他问我从哪里来，以及我是否了解这座城市……哦，还用说，当然只是经过而已。但并不常见人们把这里当做旅途中转站。当然，除非他们在这里有业务。"能给我一杯茶吗？"

我注视着他把壶从炉子上提起来，取出杯子。他所有的动作都十分从容。他偶尔看看我，笑一下。能和他坐在一起喝杯茶，静静地等自己突然想起那个旅店名字，我感到很安逸。我已经累得不行了。他问完最初礼节性的几个问题后就没再说话，但即使沉默也让人觉得舒适。

最后我评论说他藏有这么多书。还说，现在要找到自己想要的书，实非易事。

"是的，确实挺费事的。人们总爱追马上要出版的书，当这些书发行时，他们也知道，不知怎么的就想找到它，然后去排队购买。我对我的小书库感到非常自豪。"

"您是个作家，对吗？"

"也不算是，偶尔写写东西而已。"

"那您平时都对什么样的书感兴趣呢？"

他笑了笑，说："所有的书。"

我得说，谦虚来讲，我自己也已经在——我还是说了——随着年龄的增长，影响我们的种种变化方面出版了几本书。我想可不可以送给他一些我的书。

"请您一定要这么做。他们可能会寄到，尽管这里的邮政并不总是靠谱。"

是时候离开了。天已经特别晚了。我的行李箱还靠在门边。不用问，还是要搭辆出租车，但是我没看到房间里有电话。

他看到我东张西望，跟我说："我这里没有电话，但我可以到外面帮你找一辆。出租车不难找，但是得花一点时间。"他站了起来。当他走到门口的时候，我喊道："等一下……我真的非常抱歉，这太丢人了。"提到丢人的事，我努力想把它说得幽默一些。"对了，由于年老产生的变化……我，或者说任何人，应该能够解释为何会忘记他定过房间的旅店名字。"

这个房间的主人似乎并没觉得多好笑，似乎也没打算问清楚。他站着思考了一会儿，然后解释说，既然在城里找不到旅店了，今晚你最好留宿在这里，待在我这儿吧。不知怎么的，似乎没必要婉拒这个邀请。他说道，有时甚至会有七八个人同时留在他这里过夜。他拽出一个睡袋并保证明早准时叫醒我，不会延误了航班。而我睡在他的床上。我答应了。

有人敲了敲房门。幸好我还没开始脱衣服。敲门的是一个深颜色头发的年轻女士。她毫不关心的目光从我身上扫过，经过他走到窗户那里，小心地拉开窗帘向外注视着。他们开始交谈，语速非常急促。即使我什么也听不懂，我也意识到非常严重的事情发生了。他开始在房间里来回走动，拉开抽屉，拿出几张纸，快速地瞥了一眼然后塞进了公文包里。他显然急着要去做什么，但他的动作还是依旧镇定从容。最后他转向我，说："恐怕我必须要出去一趟。但请留在这里并好好休息。我的朋友到时候会及时叫醒你乘机。不要忘了答应寄给我的书，如果能得到它们我会非常高兴的。"

我只是点了点头。我不想耽搁他的时间。当他们都离开，我听到他们下楼和前门关上的声音。我继续听着。现在他们一定已经穿过广场到达前面的街道了。我躺在床上却睡不着。

大约半小时后，传来一阵重重的敲门声。有人在门外大喊，天晓得他们在说什么，我起身开了门让他们进来。这时我累极了，只注意到房间里有好多穿制服的人。他们要我出示护照和机票。他们搜查了所有的抽屉和橱子，同时我的脑中一直萦绕一个念头：他逃脱了，我的朋友逃脱了。

到了早上一位年轻的女士准时来叫醒了我。她已经找到了一辆出租车并陪同我去飞机场。她对出租车司机非常生气——我觉得是因为司机只收美元。我还没学会怎么说"谢谢"，但我相信她听得懂。

正如我所说的，我经常重复同样的事，但这个故事我从来没对别人讲过。至少我是这么想的。

掠夺记忆的女人

楼梯井的墙上嵌着污渍斑斑的玻璃窗，和十五年前一样昏暗、阴冷。些许石膏装饰已经从天花板掉落到地上。和十五年前一样，伦布伦德夫人在忙着擦洗楼梯。听到门响，她抬起头，欣喜地叫道："好，马上来！一定是斯特拉！出国这么长时间了！肯定又是穿着风雨衣，不戴帽子——和那时候一样！"

斯特拉跑上楼梯，停在伦布伦德夫人面前，略微有点害羞。她们俩是熟识的，但是从没有见面拥抱或握手的习惯。

"这儿的一切都没变！"斯特拉说道，"亲爱的伦布伦德夫人，家里怎么样，夏洛塔还好吗，埃德温呢？"

伦布伦德夫人把水桶推到一旁，述说他俩的近况：虽然只有在乡下的那么几天，夏洛塔还是很喜欢骑着斯特拉的自行车兜风；她和丈夫租了一个小农舍避暑。而埃德温在一家保险公司谋了一份不错的差事。

"那伦布伦德先生呢？"

"六年前就去世了，"伦布伦德夫人说，"他走得很安详，没受什么痛苦。斯特拉小姐，我看你带来了花，我猜，你是带给你楼上旧画室的那位。有时间抽根烟吗？"伦布伦德夫人在台阶上坐下来，继续说，"我发现我们还是抽一个牌子的烟。现在你已经出国，你的画作也出名了！我们从报纸上读到的，我们全家人都为你祝贺。你画的画还是和以前一样吗？"

斯特拉笑道："哦，不！现在画的画很大，连楼上的门都进不去！有这么大！"她伸出胳膊比画着。

突然，一阵高亢的舞曲充斥了整个楼梯井，又被迅速地关掉了。斯特拉立即听出这首曲子是：《夜晚布鲁斯》。她想，这是我们以前的曲子，我和塞巴斯蒂安的，这么说，旺达还停留在一九七八年我在的时光里。

"她一直是这样的。"伦布伦德夫人说着，捻灭了烟头扔到桶里。"小姐，她比你大五岁，至今还像一直开聚会一样过生活，任何人都没来看她一眼。这地方这么空旷，一点也不像你在这儿时的情景！那时候，所有的画家们都往楼上跑——多么有趣。他们工作了一整天，晚上来这里，游戏、唱歌，你给他们做意大利面。小姐，你还记得吗？而她就围在你边上，试图变成你们中的一分子，你记得吗？"伦布伦德夫人压低了声音说，"后来，当她付不出房租了，你就留她在这儿，成年累月地住。上苍眷顾，你得了奖学金，然后出国，她轻而易举就占了整个地方。十五年啊！不，不，一个字都不能说。我知道，你都晓得的。小姐，你有印象吗？那个房子，我们以前把它叫画室，那个燕子窝！但是，所有燕子都飞走了。应了那句老话：幸福溜走，燕子也飞走。独木难成林哪。好，说得够多了。我不能再多说一个字了。我要上楼去。哦，对了，他们在楼后面安了一个新电梯，你想试试？"

"改天吧。伦布伦德夫人，告诉我，我以前都是跑着上楼梯的吗？"

“是的，小姐，确实如此。不过，时过境迁了。”

公寓的门上已然都是些不熟悉的名字。

“当然，我是跑着的。或许因为我喜欢跑，压根儿就忍不住。”

画室的门已经重新漆过，但是带有小铜狮子的把手还在那里，这是塞巴斯蒂安送的礼物。旺达从里面喊道：“谁啊，斯特拉，是你吗？”

“是的，是我，斯特拉。”

过了一会儿，门开了。

“亲爱的，太好了，”旺达叫道，“想想看，你终于来了！我得过一会儿才能把门打开，现在的光景你是知道的：要万分小心……安全锁，防盗锁，任何东西……不过还是没办法，就是没办法——他们还是偷！日里夜里都要加倍小心。那些小偷开着大篷车来，掳走一切，就开走了……他们把你洗劫一空，你知道，把家里弄得空空如也！不过，这里不可能！房门是锁着的，还用插销插了起来。快进来看看！还带来了花——你真贴心……”她把扎着的花放在旁边，专注地凝视着斯特拉，她的脸没怎么变，依旧苍白，但似乎更加沉重。她的声音还是那么急切。这个小小的房间，除了墙还是白的，其他一切都是全新的，与那时截然不同：满屋的家具、灯泡、装饰品和织物……这里暖和得过头了，于是，斯特拉脱下了外套。这个房间变小了，变得骇人。仿佛树木都被砍光，被厚厚的灌木丛取而代之。

"请随意，"旺达说，"想喝点什么？苦艾酒还是葡萄酒？还是红酒和意大利面，和以前我给你准备的一样，总是红酒和意大利面！现在，你终于回来了，已经多少年了——不，我们不去管它。总之，现在你来了。我写了所有的卡片，你就那么消失不见了。伟大的画家一下子沉寂了。这就是人生！"

"我有写信给你，"斯特拉辩解道，"写了很长时间。但是，我从你那儿得不到任何回信……"

"斯特拉，亲爱的，不要担心，想都不要去想，我们忘记那些事情吧。现在，你又一次来到这里。你觉得我的小窝怎么样？虽然小，不豪华，但是温馨，你不觉得吗？多有感觉。"

"很不错。家具都不错。"斯特拉闭上眼睛，试图去回忆画室的旧模样——这里的工作台，那里的画架，很多木箱子……还有一个可以俯瞰庭院的窗户。

"你是不是有点累了？"旺达问道，"你看起来很疲倦，脸色不太好。在大世界闯累了，现在你可以休息一会儿，放松一下。"

斯特拉说："我只是想回忆一下画室的样子。我们当时那么快乐。想想看，七年的青春！旺达，你觉得我们还能年轻多久？"

旺达尖刻地回答："你已经年轻了太久。星眼女孩，是的，我们就是这么叫你的，星眼女孩。很好，不是吗？那么天真，你听信任何人的任何话，相信任何事。"

斯特拉站起来，走到窗户旁边。她拉开窗帘，透过窗户远眺这灰色的，极其普通的，但是依然让人着迷的庭院。她开始回忆：我和塞巴斯蒂安一起站在这里眺望，我们的目光掠过屋顶，跳过码头，越过海面，眺望那我们将要拥有的全世界，我们将披荆斩棘，征服世界。就是这扇窗户！她转过头来，面向旺达。"你说过，别人告诉我的任何话我都相信。但是，就是有很多事需要相信，不是吗？那都是值得的，你不觉得吗？"

薄暮降临时，旺达开了丝绸帘子后的灯。她说："在这房间里，你觉得快乐，是不是？这七年里，你很快乐，一直到最后一次聚会，就是你的告别聚会。你记得吗？"

"我当然记得！伟大的演讲，我们都以此为傲！我记得，那时候是六月份，凌晨两点太阳初升的时候，我站在桌子上面，大喊，'为太阳干杯！'我记得当时有一个俄罗斯人坐在桌子底下唱歌。他从哪儿来的？"

"俄罗斯人？我想，他是那群人中间的一个，因为我们对他们感到惋惜，所以经常邀请他们参加聚会。他们有那么一大群人，太多了！但是，我总是让他们进来。'把他们也叫上，'我说，'人越多越热闹。'这是我的原则。如果你要举办一个聚会，也这么做，就流行这个！一共二十二个人在这儿聚会，二十二个，我数过的。这是我为朋友们举办过的最棒的聚会之一。"

"你这是什么意思？"斯特拉说道，"那是我的聚会。"

"是，是，当然啦，你可以这么叫，如果你乐意。是我为你举办的告别聚会，所以，当然啦，某种意义上，也是你的聚会。然后，你就乘坐早班火车离开了。"

是的，早班火车，斯特拉这么想着。塞巴斯蒂安和我一起到的火车站。那是一个盛夏晴朗的早晨……他答应了我：只要他尽快筹备好旅费，只要我尽快为我们找到一个画室，或者一个房间，又或者是一家廉价的旅馆，凡是能让我们工作的，任何地方都行……他几乎没有一个固定的地址，所以，我要把自己的地址告诉旺达……再见，亲爱的，你要照顾好自己！然后，火车呼啸着驶离车站，冲进了大世界。

"现在，斯特拉，不要再为我的聚会给自己制造烦恼了。你肯定没有忘记，我是住在这里的人，这是我的家。老实说，这就是我的地方，不是吗？当然是的。"旺达把自己的手覆在斯特拉的手上，继续用一种友好的声音说，"记忆会开有趣的玩笑。不过，别为它烦忧了。这完全是自然而然的。你将受到和当时一样热情的欢迎。你那么的乐于助人，慷慨做事：你做了很多各种各样的事情，削洋葱，倒垃圾……晚上我们让你也加入聚会，我们可爱的星眼女孩……等一下，这里安了电梯了……"

电梯上上下下的动静很大。

"到三楼了，"旺达说，"多么有趣，它经常到三楼去。是的，那是以前我们经常做的事情，现在，你坐在你的老位置上，那时候，你两旁是英格尔德、汤米和我，贝努就坐在对面。塞巴斯蒂安以前坐在窗户那里。你们都在聊天，聊艺术——你们关心的只有你们的作品。你们当中有多少人成名了，能告诉我吗？"

"人往往一不小心就失去了和朋友的联系，不知道他们过得如何。"斯特拉说。

"你不知道吗？他们都没人给你写过一封信吗？斯特拉呀，甜心！"

斯特拉点燃了一支烟："我给你寄过地址，请你转告给我的朋友们。"

"有吗？等一下，你的烟还没点燃。这里，这个打火机不错。你应该开始用打火机，你的手都开始颤抖了，有一点，只是一点点，不必担心的。没关系。呃，塞巴斯蒂安变得名声大震，某种程度上来说。但是，你要知道，伟人们都是那样的，他们会忘记那些在他们尚未成名时相信他们的人。你不打算把酒喝完吗？"

斯特拉问道："你知道他在哪里，现在怎么样吗？"

她们又听到电梯到达的声音，都静静地坐了下来。

"到四楼了，"旺达说道，"我想，是时候把意大利面端上来了，还有炒菠菜。以前，我们都是就着帕尔马干酪一起吃，你还喜欢帕尔马干酪吗？"

"是的，谢谢。你现在还在理事会办公室上班吗？"

"当然啦，我和其他人一样，盼望着拿退休金。我现在是部门经理了。"

"真的吗？下班了你一般做什么？爱好还和以前一样吗？晚上还在做体操吗？"

"晚上做体操？那就是疯了。在这个城市，晚上六点以后，一个人根本不敢上街！"旺达走进位于角落处的小厨房，开始烧水。她又去布置桌子。

"你想不想看看扎斯卡的照片？"

这是个好看的影集，满是拍的不怎么好看的照片，照片上一群紧紧聚在一起的年轻人在开怀大笑——在衣着时尚的聚会上，在强劲风中的凳子上，在背着画架走着的路上——这温馨旧照片的镜头只对准了那时那地的人儿。

斯特拉说："这是哈纳赫尔曼。我穿着白色的裙子，站在塞巴斯蒂安旁边。你现在还能看得出那条裙子。"

旺达边看边说："那个不是你，那是别人。照片曝光了，所以我必须切去一角。你要用茶壶吗？"

"不，我不用。你知道塞巴斯蒂安现在在哪儿吗？"

"也许我知道。但是，亲爱的，问题是，这是个秘密。我答应过不把地址告诉任何人。你怎么说我都可以，但是我要忠于朋友。还有，这不是哈纳赫尔曼，这是艾格斯卡。你当时都不在那里，记忆很有趣，不是吗？有些东西就那么消失了，而其他的从不曾忘却。记忆对于你来说重要吗？坦白点，想想这个问题。那些任何东西你都唾手可得的日子，你想回到那个时候，是吧？"

"再也回不了了，"斯特拉说，"我想水要开了。"

事实上，水并没有开，煤气已经用完了。

"很抱歉，"旺达说，"请见谅。我去楼下伦布伦德夫人那里借点开水吧，但是她这人那么不随和……"

"没关系，她可能忙着擦楼梯呢。"

"你见过她了？她说什么了？"

"噢，我们就是有一搭没一搭地聊了一会儿。"

"那么，她说我什么了？"

"什么也没说。"

"真的吗？"

"当然。她什么也没说。旺达，这里真热。我们能不能稍微打开一下窗户？"

春日晚上的夜幕滑进了屋里，凉风习习。

"这个窗户，"旺达说，"我记得，你站在这里笑着，你和塞巴斯蒂安站在一起。你们在嘲笑我们，是吧？是什么这么好笑？你们又在嘲笑谁？"

旺达的声音平淡、急切、让人无法摆脱，斯特拉突然觉得受不了，脾气上来了："我们没在嘲笑任何人！或者我们是在嘲笑你们所有人，所有事情。因为我们很快乐！我们望着彼此开怀大笑，这就是乐趣。这个很难理解吗？"

"但是你为什么会这么生气？"旺达沮丧地问。

"我累了，你讲了太多话。"

"是吗？我真蠢，这么欠考虑。我能看出来你感觉不舒服。你变了很多。是不是有什么问题？斯特拉，你可以告诉我。过来坐到沙发上。是不是那些照片让你烦心？它们就是我保管的一些纯粹的老照片。"

"你说得对——它们是纯粹的。这个画室以前也是如此。这里的一切都是友好、直接的。我们工作，我们相信彼此，因为一切都是光明磊落的。当我烦躁得睡不着觉的时候，就会想到这个地方。"

"烦躁得睡不着？那可不太好。一点都不好。听我说，斯特拉，你已经不是你自己了。你有去看医生吗？我是说，这种忘记事情的麻烦事……不过，那个也许不算严重，没什么可担心的。"

"电梯！"斯特拉喊道，"电梯又上来了。等等看它停在哪儿。"

"四楼。"

旺达关了窗户，续满了两个杯子。接着又继续说："他给我买了一张唱片，尽管这花去他不少钱。其他画家也是，时不时买唱片给我。我真幸运……以前我们跳舞，一直跳到次日黎明。你知道我当时怎么做的？我跳到桌子上，向所有人举杯，叫着'为太阳干杯'！当聚会结束时，所有人都回了家，就剩我们两个人，我和塞巴斯蒂安……斯特拉，来点音乐怎么样？这首一九七八年的曲子《夜晚布鲁斯》，他给我的。"

"不，现在不要。"斯特拉犯头痛了，眼睛后面的顽固痛症。电梯又上来了，几乎要直达楼顶。在这个被重新装饰的房间里，斯特拉只认出了一样东西：书架。她伸出手去，抚摸着它。

"我只用一个晚上就做好了，"旺达说，"很好看，你不觉得吗？"

斯特拉突然大叫："那不是真的！这是我的旧书架，是我亲手做的！"

旺达在椅子上向后靠去，微笑着说道："没什么可大惊小怪的！一个旧书架！拿去吧，是你的了，算是个礼物。但是，斯特拉，亲爱的，我为你担忧。你那星星般的眼睛怎么不见啦？怎么了，亲爱的？不能告诉我吗？再抽支烟吧。你抽了太多了，你看起来一点都不好。放松点，求你了。再不要回忆以前的事情，以前的样子了，你只会感到伤心迷惑。就是这样，不是吗？告诉我事实，它让你不快乐，让你困惑。现在已经过去很久了，你知道，那些年你不怎么好过。但是，这个旧书架有什么特别之处呢？一点都没有。想想一些快乐的事。还记得汤米吗？他人很好，他喜欢你。他常说我们要照顾我们的小星眼女孩，她这么温顺，听信一切。他是我们的'垃圾桶'：我们什么都和他说，和他总有说不完的话……"

斯特拉打断她："我觉得，我们不应该再谈论那些时光了。我们可以谈谈现在发生的事情，外面的事情。"

"外面是什么意思？"

"画室以外的大千世界的事情。剧烈的动荡，各个地方各个时间在上演的激烈的重要的事情。我们可以谈论这个。"她看得出来旺达并没有听懂，所以又补充了一句，"报纸上我们读到的东西。"

“我没有报纸，”旺达说，“但是，汤米喜欢你，所有我的朋友都喜欢你。相信我，这是真的。这绝对没有遗憾……”

“那个电梯！”斯特拉突然叫道，“电梯又来了！”

“然后呢？”

“你在等什么人，还是你觉得害怕呢？”

“我要害怕什么？”

“盗贼，旺达，那些盗贼会进来偷你的东西。”

旺达直勾勾地盯着她的客人：“不要幼稚了，没人进得来。”沉默了一阵后，旺达继续说道，“你让我想起了一个人，一个我们都同情的人，她来只是为了填饱肚子。她只是吃，从不说一句话。很有趣——她有点像你，可怜的人。她以前总跟着我，到处都跟着。你知道吗？有次她跟我说，‘你好坚强’，她说，‘你就像一股强电流，让我跑得更快，让我觉得自己焕发生机！’然后她就消失了。没人知道她后来怎么样了，也没有人过问……斯特拉？你怎么了——觉得不舒服吗？”

“是，”斯特拉说，“我不太舒服，你有阿司匹林吗？”

“当然有，马上拿给你……亲爱的，先在沙发上躺一会儿。不，你得躺着。你看起来很糟，你需要躺下来。别说话。答应我，你马上会去好好地检查一下。这不难做到。"

斯特拉非常困倦，渴望睡个觉，她觉得她的房间已经消失了。而那让人无法逃脱的声音还在继续，"舒服些了吧。在这屋子里，我和你在一起，你可以忘记过去，放下过去……所有人，他们都来到我的房间，他们站在门口等候着，我听到声音，让他们进来，和他们聊天……烦恼，担心，忧愁……然后，我也开始讲述，诚实地，坦白地。人必须完全诚实，是不是？你也同意吧？不必说太多话，但是不能不假思索地说，必须字斟句酌，说适当的话，这很重要。你快冻僵了！稍等，我给你加衣服……不，不，让我照顾你——我敢于实话实说，不是吗？"

斯特拉尖叫："别管我！"但是，毯子蹭上了她的脸，那声音絮絮叨叨，还在继续："我把我的想法告诉他，心底的想法。我说，'她会让你窒息的，你得甩掉她……'"

"电梯！"斯特拉又尖叫了，过了一会儿，气氛缓和了一些。她跳起来，跑到屋子中间，旺达还坐在沙发上。"斯特拉，你在找什么东西吗？"

"我的包，我的包啊！"

旺达笑道："哦，我可没有偷走它！一定是在哪个地方。

我反锁了房门的。坐下来，休息一下。我来告诉你事情的经过。喝一点儿酒。不喝？听我说，在你自己的屋里可以随意，这里的一切都属于你，它们就在这里。这里发生的一切，在这人们说过的所有话，都在这里。连墙壁里也渗透进去了，它们都围着你，就像一个温暖的斗篷，抱紧你，越来越紧……难道你不相信我吗？我有办法证明的！我录了音的。只要一听，你就明白了。"

这时，传来一阵嘈杂的晦涩难懂的声音和尖锐的音乐。旺达叫道："你听到没？这就是证据，不是吗？还有杯子打破的声音——听到了没有？"

斯特拉站在锁着的门口，拿着包和外套："旺达，让我出去，让我走。"

"不，不要走，求你了，不要现在就走，再多待一会儿，就一小会儿。那是很久以前的事情，我还有很多话想跟你说……你在害怕什么？现在还不晚，一点也不，街上还没那么危险，现在还不危险，一会儿，你可以打车回去，我会把你送下楼，确保你安全地离开……斯特拉？没必要担心，我是说，除非你包里有一大笔钱，你担心被抢劫……"

"我已经被抢劫了，"斯特拉说，"现在让我出去。"

旺达走到门口，抱住了她。"斯特拉，是因为那个书架吗？请拿去吧。我情愿让你拿走它！那个书架不大，你完全可以带着它打车。别这么看着我，不要对我这么刻薄……"她的手还环绕着斯特拉的胳膊。斯特拉拉过她的手，静静地握着，直到她平静下来。然后，旺达打开了房门，站在一旁。斯特拉沿楼梯往下走，无法抑制地长出了一口气。在拐角处，她转过头去想跟旺达说再见，但是房门已经关上了。《夜晚布鲁斯》刚开始播放，又马上停了下来。

　　浓雾笼罩了整个城市，这是春天里的第一场雾。是个好迹象。这意味着，要不了多久，冰雪会一点一点，慢慢地消融。

轻装旅行

当他们终于拉起跳板时，我多希望能够表达出自己当时如释重负的心情。只有在这时，我才觉得安全；或者，更准确地说，是当船驶离码头足够远，远到任何人都无法再向我大喊——问我地址，冲我尖叫着说不好的事情发生了。相信我，你无法想象我对自由的狂热追求。我解开外套，拿出烟斗，但我的手在颤抖，无法点燃它；所以我用牙咬住烟管，以制造出与外界的疏离感。我尽可能走到船首的远处，这里无法看到城市；如你所想，我像个最无忧无虑的旅行者，在护栏边游荡。天空是淡蓝色的，小小的云朵反复无常，愉快地变化着……

现在一切都过去了，都没什么意义了；任何事都不再重要，任何人都不再重要。没有电话，没有信件，没有门铃。当然，你不懂我指的是什么，但那也不重要了。事实上，我仅仅是主张将一切细化到我力所能及的地步，并且彻底注意到每个小细节。我不得不写封信——事实上，我早就开始做这件事了，即宣告我的突然离去，没有原因，没有任何方式能解释我的行为。这非常困难，花了一整天时间。当然，我没有留下任何信息，关于要去哪里和何时返回，因为我根本没打算回去。看门人的妻子会照看我的盆栽，那些疲惫的生物——无论花多少精力照顾，都没有旺盛过——让我很是惴惴不安。没关系，我将不必再看到它们了。

或许你会对我打包了什么感兴趣。当然是尽可能少！我一直梦想轻装旅行，背一个小的周末旅行袋，在人快速或不慌不忙走路时可以随意挥动的那种；也可以解释为，在飞机候机室，一群精神紧张的人拖着巨大沉重的行李走来走去。对于我，这是第一次成功地带了最少的东西，无情地面对家庭财产和那些吸引人的，会让人产生联想的小物件——嗯，那些对人生情感寄托的联想——不，那尤其不重要！我的包如同我乐天派的心一样轻，除了晚上住旅馆时的所需品外，别无他物。我离开公寓的时候没有留下任何说明，却将它彻底地打扫了一遍。我很擅长打扫。我切断电源，打开冰箱并拔掉电话线。这是最后的事情，决定性的一步，现在我都已经完成了。

在此期间，电话从未响过——这是个好征兆。没有人，没有这些中的任何人——但我现在不想谈论他们，我不会再担心他们了，不，他们甚至不会再占据我一分钟的思绪。我拔出电话线插头，并最后一次检查我已经带了所有文件在钱包里：护照、票、旅行者支票、抚恤卡。我望向窗外，以确认有出租车等在街角站台，我关上前门，并将钥匙放入了信箱。

出于老习惯，我避开了电梯。我不喜欢电梯。走到二楼时，我绊了一下，抓住楼梯扶手，站了一会儿，忽然就觉得全身发热。心想，我只是想想，假如我真的跌倒，可能会扭伤脚踝，甚至更严重吧？那么一切就彻底地白费了，无法挽回。我将无法想象自己能再一次准备就绪，整装待发。坐出租车时，我感到非常兴奋，向司机打开了话匣子，评论早春的天气,并对有关他职业的种种产生兴趣,可惜他几乎不回应。我定了定神,因为那是我决定要避免的。从现在起,我将不会再对任何人产生兴趣。出租车司机再遇到什么事都与我无关。我们很早便找到了船,他拎出我的包,我向他道谢并给了他很丰厚的小费。他没有笑,这让我有点失望,不过检票的人很友善。

我的旅程开始了。甲板上渐渐冷起来,几乎没有其他人。我猜想其他乘客一定是去吃饭了。我不慌不忙地去找我的船舱,立刻发现我不是一个人——有人在一张床铺上留了外套、钱包和雨伞,两只华丽的行李箱放在地板中间。我小心地将它们挪开。我当然需要,或者更准确地表达过拥有单舱的心愿。特别是在这次旅行中,单独睡对我来说变得格外重要,可以这么说,它可以使我新建立起来的独立性完全不受打扰。我又没法去向事务长抱怨,他八成只会说船上人满了,这是个很遗憾的失误。若想纠正失误,我得在自己的床铺上醒一晚上,而和我共享船舱的人,将会在帆布躺椅上失眠一整夜。

我发现他的盥洗用品十分精致,我对他淡蓝色的电动牙刷和带有交织文字"A.C."的小置物匣印象深刻。我拿出自己的牙刷和其他从苦行主义观点看来的必需品,将睡衣放在另一张床铺上，问自己是否饿了。一想到餐厅里拥挤的人群，我便作罢。我决定跳过晚餐，去酒吧里喝点东西来代替。傍晚时，酒吧里还相当空闲。我坐在一把高脚椅上，脚蹬着每个酒吧都会有的绕吧台一周的传统金属杆，点了烟斗。"来杯白加黑。"我对酒保说。接过酒杯时，我简单地点了下头，表明没有交谈的意愿。我坐下来，思考旅行的意义，应该是指，无拘无束的旅行，不必对遗留的事情负责，也没有机会去预见将要发生的事情并为之做好准备，这样的一种表现。除了巨大的平静感外别无他物。

我忽然回想起我之前的每一次旅行，并且惊讶地意识到这应该是我第一次单独旅行。第一次旅行是和我的母亲——到马略卡岛和加那利群岛。然后又是和母亲去了一次马略卡岛。在我母亲去世之后，我和堂兄赫尔曼一起到吕贝克和汉堡旅行。他只对博物馆感兴趣，尽管它们令他失望；他从未能学习绘画，并对此无法释怀。那是场不愉快的行程。然后是和威尔士·托姆，他不知道是否该离婚，甚至认为三人旅行应该会更容易一些。

我们去了哪里？哦，对，当然是威尼斯。早上他们就吵架了。不，那都算不上是旅行。接下来呢？是随团去的列宁格勒，那里冻死了。然后是和希尔达阿姨，她需要休假，但是不敢自己出去，不过那次最远也只到玛丽港；我记得我们去了那里的海事博物馆。你看，当我在脑海中过滤这一生的旅行时，我对某件事可能造成的恐惧感并未完全消失。我对酒保说："再来一杯。"然后环顾酒吧，感到非常安逸。人们开始进来了，吃饱了的幸福的人们点了咖啡和饮料，在我周围堆坐在酒吧里。

通常，我十分厌恶人群，并尽全力避免卷入他们之中，甚至是在公交和电车上。但那一晚，我却在人堆里感到愉悦和友善，近乎安全。一位抽雪茄的老绅士亲密且小心地借用我的烟灰缸。"当然，尽管用。"我回答他，并试图想对他说抱歉，然而我却及时想起：我不会再做那样的事了。我平淡地，略带冷漠地将烟灰缸推到他那边，透过吧台的瓶子镇定地看了看镜子中的自己。

酒吧有些许特别之处，你不觉得吗？这是一个有着任何可能的地方，是可能变为现实的地方，是应该变为必需的尴尬道路上的庇护所。但我必须承认，我不经常光顾这种地方。现在，我坐着看向镜子，突然觉得我的脸看起来很和蔼。

我认为我从来没有认真地观察过自己的外貌。一张消瘦的脸，带点惊奇但真诚美丽的眼睛，明显的灰色却近乎艺术性杂乱的头发，眉毛紧锁，流露出的神情——该怎么说——焦虑的警觉？警惕的关心？不，只是警觉罢了。我擦了擦眼镜，突然感到一阵想要急切交流的愿望，但再三考虑后制止了这个想法。难道这不是一个合适的时间，可以让我终于不用被迫倾听，而是自由且无拘束地在这酒吧的人群中谈论自己吗？比如，在过去的历程里，我可能错过关于我曾在邮局做出决定性贡献的消息。但是没有，绝对没有。要保密——不要制造秘密；最多，留下提示……

坐在我左边的是个年轻男人，他看上去十分不安。他不断变化姿势，在椅子上左右扭动，似乎试图留意到房间里发生的一切。我转向另一边的邻人，说："今晚非常挤。我们似乎要在平静里度过。"他在烟灰缸里捻灭雪茄，说船已经满员，风速是八米每秒，尽管他们曾预报说晚上风力会加大。我喜欢他镇定平静的方式，并猜想他是否退休了，不然为什么会在去往伦敦的路上。实话告诉你，我的兴趣使我惊讶；对我而言，没有任何事情会变得如此异类，近乎可憎并会不惜一切代价来避免。带着好奇心和同情心，来微弱的鼓励这个不可抗拒的世界，需要从叙说麻烦开始。我的确知道这点；在长长的生命中，我听说过很多事情并全部记得。但是，正如我所说，我坐在酒吧里，通向新的自由之路——带着点淡漠。

"你要去伦敦吗？出差？"他问道。

"不，海上旅行使我快乐。"

他欣赏地点点头。我能在镜子中看到他的脸，相当沉重的脸，因为下垂的胡子和疲惫的双眼显得更糟。他看上去挺讲究，穿着华贵，大陆性的，如果你知道我什么意思。

"我年轻时，"他说，"记得一直是海上旅行，不停驻，含餐，比起住在城市里，花费少很多。"

我十分着迷地看着他，等他继续讲下去，但是他没有再说什么。幸好，这显然不是别人在讲述个人秘密。同时，轻音乐从顶棚某处一直跳动不停，人们开始生机勃勃地交谈，载满玻璃杯的托盘以惊人的速度和精准度在桌间移动。我想："我同有经验的旅行者坐在一起，他已经获得了生命中最好的体验并知道他在谈论什么。"他拿出钱包，给我看他家人和狗的照片。那是个警示信号。一阵尖锐的失望感刺痛了我——但如果我的同伴同其他人的行为一样，我为什么会感到惊讶？但我决定不让任何事扰乱我，所以我看着他的快照，说着好话。他的妻子、孩子、外孙和狗，看起来多少跟人期待的差不多，他们的状态异常的好。

他叹息——当然，在那样的喧闹中，我无法听到他的叹息，但我看到他宽阔的肩膀在起伏。显然，不是一切都会像在家似的。我知道，他们也是如此。即使是这个最优雅的，抽雪茄带着金打火机的，在泳池前摆着在家姿势的旅行者——即便是他！我急忙开始说起脑子里想的第一件事，即轻装旅行的优势，并决定渐渐离开这个人——我是说，不唐突地尽快离开。我拿出船舱钥匙，放在玻璃杯旁，试着引起酒保的注意，自然地离开，但是没有成功，因为酒吧里的人群比之前更为焦躁和喧闹，这个可怜的人像个疯子似的工作着。

"两杯白加黑。"我的旅行同伴低声说，他的声音带着冷静有力的权威，能够让人立刻执行。他沉重地凝视我，举起他的酒杯。我沦陷了。

"谢谢，"我说，"多美好啊——睡前小酌。我觉得挺晚了。"

"一点都不晚，梅兰德先生。我叫康纳。"他把船舱钥匙放在我的旁边。"不可思议的巧合！"我惊呼，近乎叫喊。

"哦，不是的。我看见你从船舱出来。你的包非常干净平整。"

突然，我被左边的年轻人推挤了下，他猛地倚在吧台上，点了杯自由古巴。他已经说了三次，但是，一定是有人在他之前点了。典型的，正如你想的那样，康纳先生冷冷地瞥了一眼这个年轻人，说："看来是时候离开这个地方了。"但我感到的安慰被他下一句话打破了："我在船舱里备了威士忌，长夜漫漫啊。"

　　我还能做什么？说我要吃点东西？那他会在船舱里等我。现在我能看清他了：一个有说服力的、专横的男人，流露着不可动摇的决心。我自然是想分担的，但他拒绝了这个提议，走向门口。我跟着他，进了一个拥挤的电梯。船上布满了人，有堆在水果机旁的，有坐在台阶上的。他们的孩子到处跑。我克服对人群的恐惧，终于来到船舱时，我整个人都在颤抖。康纳先生把行李挪到一边，拿出他放在窗边小桌上的一瓶威士忌和两只银杯。当他坐下时，床铺发出嘎吱嘎吱的声响，显得微小脆弱。船舱是一等舱，我会允许自己有所放纵，但那也要等到自己一个人的时候。这儿有个小冰箱，一个优雅的小货架，摆满软饮料、薯片和咸味坚果。我打开货架门。

　　"不，"康纳说，"不要矿泉水。喝威士忌，加点淡水，像苏格兰人一样。我父亲来自苏格兰。"我冲向卫生间，接满漱口杯,蹒跚地走向门口,那儿有个不同寻常的高门槛。"冰的？"我问道。

他摇了摇头。他往威士忌里加了点水,然后向后倾斜着喝。我的旅程突然被改变,我的平静被破坏了。我确信他几小时内不会睡觉。"敬你。"他说。一切如此重复。"敬你。"我说。

"旅行,旅行,来来回回。你每次都明确知道自己要去哪里。回家再离开,离开再回家。"

"没必要,"我反驳,"有很多时候……"但他打断了我。

我本想告诉他,就我而言,我没有订过任何旅馆,也不知道在哪里结束。我想为他描述一幅关于我的新型以自我为中心的自由的冒险场景,但他已经开始产生一系列的忧虑:妻子、孩子、孙子、房子和狗,最后提到的那条狗明显已经在非常悲伤的环境中死去了。我不再说什么。这可能是第一次,我不再产生那可怕的同情心,无论是对自己或是对我周围那些可怕的苦难。我故意用"可怕"这个词。现在你或许能够明白为什么我开始这次旅行了吧？或许你多少能够明白我在不断产生怜悯别人的需要时感到的疲惫、筋疲力尽和恶心了吧。

当然，一个人会不由自主地对别人感到怜悯。每个人都被秘密、难以抗拒的失望、不同形式的焦虑和羞愧折磨，这些情绪会迅速找到我。我的意思是，它们知道，它们的嗅觉带它们找到我……这就是我为什么想要摆脱。

　　我听着康纳先生说话，感到巨大的、不习惯的愤怒渐渐爬满全身。我擦了擦眼镜，粗鲁地打断他，说："那你期待什么呢？显然是你赶走了他们，通过溺爱或者通过伤害！为什么不让他们自由地去做自己想做的事情？"也许是借威上忌的酒力或其他什么，我只是坚定地说："放他们走吧。全部。包括房子！"但他基本上没听进去，又看起钱包里的照片来。

　　有时，人类关于焦虑的表现对我来说似乎大同小异，至少，人们每天持续担心的事情，譬如说，屋顶不再漏雨，粮食不再短缺，没有人被威胁——如果你懂我所说的。在真实的灾难面前，我观察到一种或多种苦难以单调的规则不停重复：一个人不忠或者感到厌倦，一个人不再享受他的工作，野心或梦想已经远得看不见形状，时间的迅速缩短，一个人的家庭变得费解和恐怖，一段友情被一些小事全然破坏。人们疯狂忙于不重要的小事，而重要的不可挽回的事情从糟糕变得更糟，责任和责备蚕食掉我们，综合征茫然地被贴上焦虑的标签，那是一种难以名状的精神不安。我知道，一个人常常会在生病时感到安逸，我发现了这一点；折磨不断重复，每种折磨都在自己的小隔间内。我熟悉这种事情的状态，到如今应该找到解决这一问题的答案，但是我没有。没有实际的答案，有吗？所以我们只是听着。看上去，没有人真正对实际的解决方案感兴趣；他们只是继续谈论，他们回过头来，继续一遍遍地谈论着同样的事情，他们不放你走。我现在同康纳先生一起坐着，尽力控制自己不去同情他。这真是一个相当长的过程。此时此刻，他正在滔滔不绝地说着他备受误解的童年。

船开始摇晃，但不算剧烈。我从不晕船，但我却明确地说，"康纳先生，我感到不太舒服……"

"不是康纳先生，"他说，"艾伯特。我没说过你应该叫我艾伯特吗？嗯，这就是我所说的焦虑……"

"艾伯特，我恐怕得上甲板去。我需要一点空气，我感觉不太舒服。"

"没问题，"他说，"你现在需要的是一杯纯威士忌——立刻。你可以尽情享受空气。"他猛敲着我们的窗户——你知道，船舱的窗户被他们不知道用什么螺丝拧紧了——但他打开了，接着一阵剧烈的、潮湿的、冰冷的空气让我无法呼吸，风将窗帘直吹向我，我的眼镜掉在地板上。"不错，"他说，差不多清醒了。"我修好了它。你知道吗，我曾经梦想成为一名拳击手。现在你感觉好多了吧。"

我取来我的大衣。

"艾伯特，"我说，"你真正是做什么的？"

"做生意，"他简短地答道。我的问题使他再次陷入沮丧。有一段长时间的沉默。我们相互举起酒杯。盐沫时不时地打湿桌子。我试图说点有趣的事情，比如在我们酒里加入了其他的水，但这似乎没什么趣味。让我惊恐的是，康纳先生的眼里充满了泪水，他的面部扭曲了。"你不知道，"他说，"你不知道那种感觉……"

当人们开始哭泣时，我就没辙了。我向他们承诺任何事——终生的友谊、钱（尽管不是在这种情况下）、我的床——承担最不喜欢的任务，如果是个大块头的男人在哭泣……我就绝望了。我跳起来，希望上帝知道一切——夜总会、游泳池、任何事——但船继续摇晃着，让我失去了平衡，所以我重重地倒向了康纳先生。他像个溺水的人一般抓着我，头靠在我肩膀上。这太恐怖了。从各种角度看，我的姿势都相当尴尬。

我从不了解这样的事情。幸好，船在这一刻突然大幅度倾斜，水从窗户漫了进来。康纳先生迅雷不及掩耳般地挪开，拯救他的酒瓶，并且尽力拧好窗户。我冲进走廊，盲目地逃离船上这令人迷惑的空间。

当我最终停下时，十分疲惫，我几乎是独自一人，四周完全的安静。我透过开着的窗户向里看。甲板上，当然，一间摆满低椅的大屋子里，因为是晚上，大部分椅子都歪倒了。我走进去，十分小心地捡起一张多余的毯子，选了一张尽量远的椅子，倚着墙。太好了。能够睡觉并陷入沉默，忘记一切……我感到一阵剧烈的头痛，浑身湿漉漉的，但是什么都没有。我拉过毯子盖住头，消失在一片无尽的平静中。

当我醒来时，不知道自己在哪里。有人试图拉走我的毯子，坚持说那是她的椅子，她的椅子是三十一号，她有票证明……我坐着，感到头晕和迷惑，开口说："不好意思。我是说，这是个误会，灯光太暗，我真的十分抱歉……"

"没关系，"这个女人酸酸地说，"我已经习惯误会了，这正是他们一贯所说的。"

我的头更疼了，感到冰冷。放眼看去，几乎所有的椅子都被睡觉的人给占了，所以我坐在地板上，试着按摩我的脖子。

"你没票吗？"这个女人严肃地说。

"没有。"

"你丢了吗？船这边也都满了。"

我什么都没说。或许他们会让我睡在地板上。

"你怎么都湿了？"她问，"你浑身都是威士忌的味道。我儿子赫伯特也喝威士忌。有一次他掉到了河里。"

她坐下来看着我，当时我的毯子直盖到我的下巴。她是个有着灰色头发的瘦弱女人，皮肤黝黑，小眼神锐利。她把帽子放在脚边，继续说道："我的行李箱在那边。如果可以的话，帮我拿过来。你最好把自己的东西紧放在身边，像这样。小心蛋糕盒，那是给赫伯特的。"

之后，更多的人进来，寻找椅子。船猛烈摇晃，不远处有人在往袋子里呕吐。

"到了伦敦就不一样了，"这个老女人说，把她的行李箱拉近了些，"我只需要找到赫伯特现在在哪。你知道在哪里能找到别人的地址吗？"

"不，"我说，"但可能事务长……"

"你将整晚睡在地板上吗？"

"是的，我非常疲惫。"

"我能理解。"她接着说，"威士忌很贵。"然后又说："你有什么吃的吗？"

"没有。"

"我也是这样想的。烤架那边有吃的，但那对我来说太贵了。"

我蜷缩在地板上，扣上大衣扣子，想要睡觉，但睡不着。这个女人，怎么能在不知道他儿子地址的情况下，一路到伦敦去？他们在她上岸时一定会阻止她；这些天，在他们放你进去之前，你不得不证明你有足够的钱……她为她儿子烤了蛋糕……天啊，你将会变得多么无助和不切实际！

我睡了一会儿，又醒了。她在打鼾，一只胳膊绕在椅子边，她的手看上去很粗糙，长满皱纹的棕色的手上戴着宽的订婚戒指。很多人在屋里到处呕吐，臭气熏天。我决定到甲板上去。我之前对电梯的厌恶感此刻包围了我，所以我走上楼梯，经过烤架。人们依然在那里坐着吃着。我犹豫了一会儿，然后买了几个大三明治和一瓶啤酒，走下楼梯，找到我刚刚离开的地方。她醒了。

"不用，不过你真的很好，"她说着，手立刻伸向三明治。"你不来一半？"但我一点都不饿，坐着思考她需要多少钱才能上岸。不是有一些基督教旅社，专门收容迷路的旅行者吗？我必须找到事务长，说不定他会知道……

"我叫法格博格·艾玛。"她说。

躺在旁边椅子上的人从毯子里钻出来说："闭嘴！我在睡觉。"

另一个人在她枕头下抽走手提包。"你太好了，"法格博格·艾玛小姐低语道，"我给你看我儿子的照片。这是赫伯特四岁时的样子。照片有点模糊了，但我还有几张更好点的……"

伊甸园

　　二月的一天，维多利亚·约翰逊教授来到了阿里坎特西部的一个小山村，她去那里跟她的教女伊丽莎白一块儿住。这个村子很小，很古老。房子沿山一侧而建，造得又小又挤，蜿蜒上山。这图景就跟伊丽莎白偶尔寄给她的明信片里画的画一样。

　　一路的行程又长又累。维多利亚有点失望，因为伊丽莎白没有像说好的那样去机场接她。失望是不小，吃惊则更多，因为对于这趟行程她们计划许久，期待良多。伊丽莎白的家里没安门铃，维多利亚敲了几下门，没人应门，只有两只花猫从墙上跳下来，"喵"了两声，她就自己从包里拿出备用钥匙开了门进到庭院里。庭院不大，但布置标准——地上铺着石子，花草种在肥肥的陶罐里，整齐成列，顶棚上爬着清爽的绿色植物。维多利亚放下手包，自言自语道：嗯，没错，院子就该是这样。对维多利亚来说，西班牙是在遥远的外国，现在看到教女家的庭院跟自己想象的一模一样，她觉得安心了一点。既然伊丽莎白不在家，她就自己打开了房门。刚从太阳底下进到屋里，屋里乌漆抹黑的，唯一的小窗框着窗外绿晃晃的叶子和叶间的橙子。维多利亚疲惫地给自己打趣：这橙子倒是好，探头出去就能摘一个，不过搞不好还不是伊丽莎白家的橙子。事实确实如此。四周一片寂静。眼睛渐渐适应之后她看清楚屋子里乱七八糟的：衣服、纸片，一顿饭没吃完，饭菜碗盘都摆在桌上，处处透着焦虑和匆忙。而在餐桌的中间，她看到了一封信。

她站着读那封信："亲爱的教母，我们得知妈妈病重，随即赶飞机去看她了。希望你能照顾好自己，非常抱歉就这么把你丢在这儿。如果煤气用完了，就去广场那个咖啡店找约瑟帮忙。柴火没了也去找他，他能说点法语。赶时间，爱你的伊丽莎白。P.S. 本该写信告诉你的，可写了你也未必能及时收到，所以就这么留言吧。"

可怜的孩子，妈妈突然病成这样——维多利亚想着。其实伊丽莎白的妈妈希尔达一直都病病歪歪的。有一次维多利亚和希尔达去苏格兰，结果那里的山地太多，把希尔达累得够惨。那件事情是在什么时候来着？十九岁那年？总之那时她们都还很年轻，两个人一路牢骚着结伴出行。她们曾经计划"去一个柠檬树开花儿的地方"，或者去西班牙。维多利亚自言自语："得写封信给她们母女，但是不着急，事情一件一件来。现在先看看煤气怎么开。"

她摘下帽子，坐在希尔达那间刷得白森森的房间里，想多回忆点这位童年朋友的事情，但是回忆越来越模糊。维多利亚觉得有点良心刺痛，可还是想不起更多。她点燃今天的第三根烟，跑去窗边看橙子，免得再想。

维多利亚在职当老师时很受欢迎。她知道怎样抓住别人的注意力。如果她突然静下来，那可不是因为她走神了，而是因为接下来的话必须得说得绝对清楚明白，她在构思。后来她在大学里讲授北欧语言学与北欧文学，也是备受尊重。尽管她一团和气，从不挑刺儿，但是也从不能管好自己的文件和笔记，不是丢了就是忘了。也许是她那没边的无助和同样没边的好心，让她的反对看起来不像反对，刻薄看起来不像刻薄，所以学生们都缴械投降。她就那么小小地、稳稳地、静静地站在那儿，就算远远看着，她也能给你激发出一种安全感。虽然她有一件龙猫皮晚礼服披肩，也有货真价实的珍珠项链，但她还是喜欢穿风衣和宽松舒适的衣服。每当有学生们到她家拜访时，她就会戴上那串珍珠项链。

在当大学老师之前，她就喜欢每周在家里办一个小型学生聚会。一开始她招待学生们喝热巧克力、吃甜点，后来改成喝鸡尾酒、吃橄榄，学生们要是喜欢还可以结伴而去。有人觉得这有点过了，可是最终他们都拿维多利亚的放羊态度没办法。她不是在那儿给你评判的，她就是在那儿看着，反正你说什么就是什么。

年轻人去参加维多利亚的聚会时，他们会打赌她这次又会叫他们帮什么忙，赌着赌着就成了一种游戏了。有时是拔不开苦艾酒的软木塞子，有时是保险丝烧掉了她不会修所以房间一片黯淡，有时是哪扇窗子关不上了，有时是哪份重要文件"溜达"到书柜后面去了。维多利亚就笑眯眯地等在那儿，反正她知道他们会把这些事摆平，然后笑着叫一声"亲爱的老维多利亚"。伊丽莎白也许算不上她最好的学生，但这女孩当年很甜美可爱。

伊丽莎白把希尔达房间顶上的那间房收拾了出来，给维多利亚住。她在床上铺了一件晨衣，在房间里撒了杏花瓣，放了烟灰缸，还有最贴心的，放了一本厄尔·斯坦利·加德纳的书。这孩子没忘记维多利亚喜欢这些凶杀、推理性的东西。

维多利亚房间里的窗子也很小，但是窗外的景色不错：一排排粉的白的杏树花开得正好，围着层层叠叠的梯田一起蜿蜒上山。伊丽莎白跟维多利亚介绍过，这些梯田几百年来保持着土壤不让它们流失。虽然现在已经没几个人知道旧时的城墙是怎么造的，在没有灰浆的年代，那些旧城墙的每块砖石都精确地嵌入到位，仿佛细致的木造镶嵌工艺品。维多利亚对城墙特别感兴趣。有次她在家里的海边试修一段码头墩子，但是修得不怎么样。没办法，她手工不行。

房子里还有一小段楼梯通向屋顶天台。从天台看出去，视野一下子就开阔了，绝美景色突然尽收眼底。山脉条条拔地而起，高大巍峨，所以在维多利亚看来，此刻杵在山谷小屋顶上观望的她，比一只跳蚤大不了多少。好一个雄奇宏大的世外美景！一个如此遗世壮阔的世界，住在这个世界里的人会是什么样的？维多利亚静静地站着，听着周围的声响。她渐渐明白，正是这声响加剧了山谷间的寂静：偶尔几声狗叫，村角马路上碾过的车子，教堂钟声余音不绝……对比效果，她想着，就像是看海的时候，如果海平线上多了几个小岛，就会觉得海愈加广阔。"我们需要参照物来加深自己的感受。"她给自己的观景下了个结论，"现在，这累人的一天该结束了，不想理行李也不想煮饭了，直接睡觉。"

维多利亚睡得很香，她的梦境满是秘境奇景。鸡鸣破晓——这个村子的鸡还挺多——然后就到了早上。房间里清冷得很，尤其石地板更冷。她穿上她所有的毛衣走下楼，打开框橙子的那扇窗，欠身托了个橙子在手上，到底还是没摘——怎么说，随便摘不知是谁家树上的橙子也是有点不妥。还是去喝杯茶吧。

谢天谢地煤气罐子没空，煤气还能用。还有另外一个装置，可能是烧水用的。维多利亚小心拧开那个装置的把手，它立刻嘶嘶叫着活动起来，然后就给关上了。她给自己泡了杯茶，又去瞧冰箱。冰箱里摆满了整齐小巧的塑料盒。她打开一个，里面装着深冻乌贼，她赶紧合上。果酱罐子就那样。可能就是这极普通的果酱罐子搅了维多利亚的心神，让她觉得她仿佛是闯进了伊丽莎白的生活，翻着她的冰箱，躺在她的床上，站在她焦虑而去的狼藉里。"我可真自私啊，伊丽莎白的生活我了解多少？浴室里有个安全剃刀，可能她不是独居，可能因为我要来，她的男伴不得不搬出去了也说不定。"

维多利亚戴上帽子，穿上外套，给猫咪倒了一小盘牛奶，就出门了。早上冷飕飕的，太阳都还没有完全爬出山顶。村落道路止于一个广场，一个漂亮的小广场。广场中间有个喷水池，还有几棵没抽叶子的树。她琢磨着那些是什么树，会不会是悬铃木？然后就看到了商店，约瑟的咖啡店和一个看起来朴素实用的黄色大邮箱。她想着得去买点邮票，然后寄几张风景明信片给她过去的学生。所有的店铺都还没开门，一位老先生走过广场，他们打了招呼。"我真的住在这里了，"维多利亚有点激动地想，"人们从我身边走过，还跟我打招呼……一切都会很好的。"

回到伊丽莎白家的庭院里，维多利亚坐在棚顶的影子下，开始啃《游客指南：实用日常用语》："请；对不起；打扰一下，哪里能擦鞋子？裁缝店、纪念品店、发廊在哪里？"

十二点的时候有人敲门，进来一个拎着工具箱的小伙子。

他笑着向维多利亚解释了什么，但是维多利亚听不懂，然后他就开始在墙上凿一个大洞。语言真是搞怪，你觉得该学的西班牙语你都学了，可真正到用的时候才发觉学了等于没学。她请小伙子喝伊丽莎白的酒，又请他抽烟，又绕着他手忙脚乱，其实什么都没干，就这么忙活到洞给凿好。小伙子走了，走了一会儿又回来，给了维多利亚一个大大的笑容和一整丛含羞草。维多利亚开心得彻底败给他了，含羞草花束是人们买来给自己的朋友庆祝生日的东西，这让她觉得这块异国土地已经接受了她。这件事情太暖心了，她一定要记得把这件事告诉伊丽莎白。

小伙子用灰泥把洞给封好，把身上收拾干净，看着维多利亚笑了。

"你的活儿干得很好，"维多利亚有点害羞地说。"非常，非常好。"

第二天又有人敲门的时候，维多利亚以为一定是小伙子又来了，可能是墙上还有什么活儿要干。但是来的是一位红头发、说英语的女人，来找伊丽莎白的。女人还带着四只小狗。

"太好了！"维多利亚惊喜地叫道，"快进来！这么多小狗！快请坐，很抱歉，伊丽莎白不在家。她妈妈病了，她看妈妈去了。我是她的教母，维多利亚·约翰逊。喝杯茶吧？"

"我叫约瑟芬·奥沙利文。"女人说，"谢谢，我还是不喝茶了。我不想给你添麻烦，但是伊丽莎白经常都在橱柜里放着酒……"

维多利亚去看了下橱柜，找到半瓶威士忌。

小狗们围着约瑟芬的椅子躺着，不一会儿就有两只跳到她腿上。

"谢谢！"维多利亚说，其实她不喜欢喝威士忌。"你在这儿住很久了吗，奥沙利文小姐？"

"我才住了一年，这儿的很多移民比我住得久多了。"

"移民？"

"是的，英国人的移民，还有些美国人。在这里生活很便宜。"

"还很美，"维多利亚接话道，"宁静祥和，天堂般的地方。"

约瑟芬笑了，小脸儿给笑容作弄得有点显老。她放下小狗，喝光了杯子里的酒。

"这些小狗好黏你，"维多利亚说，"再喝点吗？"

"好呀，谢谢。"

"抽根烟？"

"谢谢，我带着烟。"说完这句，约瑟芬好一会儿都没再讲话。她点燃香烟，吸了几口，躁躁地把它捻灭在烟灰缸里。"你说天堂？你知道吗，我们这里也有祸害。在村子里晃悠不再安全，可就是没人出来管这些祸害。"

"但是西班牙人……"维多利亚刚想说话，约瑟芬就没耐性地把她的话打断了。

"你不会明白的，"约瑟芬说，"但是拜托想一下，你就不担心自己的安全吗？"

一只小狗又跳到约瑟芬的腿上，其余几只挤进她的椅子底下。

维多利亚说："我很抱歉伊丽莎白不在这里，我能怎么样帮一下你吗？"

"不用了，你不会明白的。"

几辆摩托车开过，然后又静了下来。

突然约瑟芬情绪激烈地说："没人管！就是没人管！"

最小的小狗吓得叫起来。

"坐！"约瑟芬吼小狗。"坐下！你和你的天堂！要是有人发誓要杀掉你，你还觉得是个天堂吗？"

然后所有的小狗都叫了起来。

维多利亚说："觉不觉得让小狗待在外面好一点？"

维多利亚把小狗带到院子里，回屋时看到约瑟芬背对房间站在窗子边上。维多利亚就在那等着她说话。

"她的名字叫史密斯。"约瑟芬接着说，声音很小，嘴唇都没怎么动，"她舞着刀子到处晃悠，扬言要干掉我！而她就住在我的边上，一墙之隔。她讨厌我的狗，讨厌我开立体声。她从门底下把恐吓信塞到我家里，冲我的清洁女工扮鬼脸，上周还砍了我的含羞草！我去报警，警察却说他们管不了，真的发生点什么事他们才能管，换句话说，等我躺在地上，喉咙被那女人割开了他们才能管！"

"那株含羞草是不是很大？"

这个问题让约瑟芬生气地白了她一眼。"一米高。"她冷冷地说。

"小狗们有没有瞧见什么？"

"它们当然叫了。"

"亲爱的奥沙利文小姐，我们都别太急。谋杀这个词很严重，得仔细想好了再说它。这屋里好冷，要不要生火？伊丽莎白应该在院子里放着柴火。"

院子里的柴火是大块的橄榄木和某种针叶很密的灌木。约瑟芬生起火，木柴燃起热情的蓝色火焰。

"这火烧得真漂亮。"维多利亚说，"跟在家里生的火不一样。"

约瑟芬一动不动，盯着火苗："没错，是不一样。"

维多利亚想起从前学生们去她家跟她讲自己的遭遇。有时候她叫他们给她的炉子生火，生完火之后那些学生会觉得好了一些。

"奥沙利文小姐，"维多利亚说，"我想认真想一下你的麻烦，看看能不能找到什么法子帮你。不过你得让我仔细地想一下。"

约瑟芬转向维多利亚，整个人都松了口气，紧绷着的脸也缓和了。她小声问道："你真的愿意帮我？真的哟？我能指望你，没错吧？"

"你当然能指望我。"维多利亚说，"这件事肯定得处理。但现在你要做的是，回家，想点别的……"她正想说"读点凶杀推理小说"，想想不对就赶紧打住了。

约瑟芬和小狗们离开之后，维多利亚拿来纸笔，点了根香烟，坐到火炉前面，觉得好像才活了过来。她先记下了"约瑟芬事件"，想想又改成"持刀女子"。

1. 我就管持刀女子叫 X，叫 X 比叫史密斯好。X 和 J 之中，到底谁是疯子？还是两个都是疯子？（注意：警察不好，他们不管这件事。）

2. 查一下拿着刀子到处威胁别人这种行为在西班牙是否合法。她可能最终只会以"扰乱社会治安"被罚点款，而这让她更加为所欲为。她的刀是什么刀？匕首还是菜刀？至少从心理学上看，这是一个重要的细节。我对 X 了解什么？什么都不了解。

3. 动机。讨厌小狗和立体声这个动机不够充分，肯定还有别的，更加重要的动机。找出这个动机是什么。

4. 方法。得跟 X 接触一下，但是是马上跟她接触呢，还是先等等？会不会是 J 想得太夸张了？去找约瑟谈谈，不过得老练点。

炉火生得很旺，不一会儿屋子里就暖和了。

维多利亚决定，既然这里的每个人都睡午觉，那她也睡，心里清静无疚地睡。睡午觉是个好习惯，该传到北欧去。

她去咖啡店找了约瑟，给了他自己的名片，再把原本打算给伊丽莎白的一盒巧克力送给了他老婆。约瑟给她上咖啡的时候，她聊了一下天气、风景，然后又问约瑟是否跟村子里的外国人打过交道。

　　他耸耸肩："他们不太跟外人来往。不过你知道的，领养老金的老人——多数是女人——一般会住得久一点。"

　　"他们一般都干什么？"

　　"他们在自己家里开聚会，互相招待。"说这句的时候，约瑟忍不住笑了下。

　　维多利亚说了个名字"史密斯小姐"，说自己哪天去拜访一下她。

　　"真的？"约瑟说，"你真那么想？"他转向他老婆，他老婆正站在柜台后面听他们讲话。他对他老婆说："卡塔丽娜，你听到了吗？这位教授要去拜访史密斯小姐！"

　　"但愿上帝打消她这个念头。"卡塔丽娜说，"她连史密斯家的门都进不去。"

　　维多利亚费劲儿爬了好长好长的台梯才到约瑟芬家，隔壁就是 X 的家。到了之后，她坐在一截矮墙上，一边读她的西班牙语常用语手册，一边等。过了好久才看到 X 出门，锁门，然后就愣在那儿，好像不知道该往哪边走。她拎着个购物袋，应该是想去商店吧。她个子很小，看起来不怎么凶险，就是有点阴郁。她的头发是灰色的，乱糟糟的，看起来完全没打理过。没瞧见刀在哪儿……终于她向维多利亚走来。

"不好意思，"维多利亚说，"我有点不舒服，我上哪儿能找点水喝？"

"广场那儿有个喷水池。"X回话，眼神灰暗，充满怀疑。

"可是我不知道自己能不能走那么远呀，我还不太适应这里的太阳。"

这下维多利亚能进到X家那窄小的房子里了，可她也真觉得不舒服了，因为刚刚说了谎。

X端了杯水放在维多利亚前面，又站去门边。过了一会儿，她问维多利亚是否觉得好了一点。

"不怎么好，"维多利亚是真觉得不怎么好，"很抱歉，你已经对我很好了，可是能不能再请你跟我坐一会儿？我担心自己是不是有点中暑了……"

X坐到门边的椅子上。

"我不太适应这里的太阳，"维多利亚继续说，"你知道移民里面有谁中暑过吗？"

"没有。" X 有点鄙视地说，"他们要是会中暑我才觉得奇怪，一天里有半天在晒太阳。"

"那另外半天在干吗？"

"聚会呗。你慢慢地就知道了。灌鸡尾酒，扯是非，叽叽歪歪。没几周你也会跟他们混的，你看起来跟他们差不多。"

"天哪，" 维多利亚说，"那种日子听起来可不怎么样呀……"

X 放下购物袋，沉沉地、恨恨地说："没错，非常不怎么样。他们一个接一个挪进这边的废弃房子，把那些房子修好，里面全是家电，外面却要整成一副自然浪漫的调子，那日子惬意的！他们像蝗虫一样挤成一窝开车遛狗，就像蝗灾！他们刚来时我就在这儿了，二十年了，我什么都看在眼里，那就是群祸害！"

"就像无花果树。" 维多利亚说。

"像什么？"

"无花果树。我的教女伊丽莎白跟我说过，无花果树的根会在地底下伸得很远，能把墙和路都毁掉，把不是自己的都排挤掉。"

"没错，"X说，"就是那样。然后整个地方就给他们整得面目全非，整得你都认不出来。"她站起来，就那么在门边候着，意思是水也喝了话也聊了你该走了。

回家的路上，维多利亚想，完全被排挤在外是什么感觉。约瑟芬的问题对维多利亚来说不算新鲜。以前曾有学生被其他学生排挤，然后去问她该怎么办。这种问题非常烦人，非常复杂。她把那篇《持刀女子》给撕掉了。但是这件事没有解决，只是刚刚发展到了一个新的阶段。

第二天早上约瑟芬来了，所有的小狗都牵在手上，隔着院门就大喊大叫："教授！亲爱的维多利亚教授！我听说你见过她了，她说了我什么？"

"没说什么。"维多利亚放她进门。

"总得说了什么吧？"

维多利亚拍拍那只最小最敏感的小狗，说："我觉得她就是太孤独了。"

"就那样？"约瑟芬说，抬高声调，"她太孤独了，你就发现了这个？这个我跟你说过了！我想知道的是，为什么她特别讨厌我！"

"冷静点，我亲爱的奥沙利文小姐。"维多利亚说，"我才刚刚开始调查……"然后她就懊恼自己怎么用了"调查"这个词，这词也太做作了，是不是凶杀推理小说读多了……她赶紧继续接上话："你知道的——这话你听了可能有点失望——有时候人们做错事其实就是为了点鸡毛蒜皮的事情，然后矛盾越滚越大，直至失控……"

约瑟芬激动了："你这是在帮她说话吗？你什么意思？好呀，她太孤独，她孤独又不赖我！你说过你会……"

"是，我知道，我说过我会帮你。先坐下，喝点酒怎么样？"

"就喝一小杯。"约瑟芬生气地说，"不过就一小杯，我还得去温莱特家。"

"他家有聚会吗？"

"没错，他家有聚会。"

"听我说，"维多利亚说，"我一直在找她恨你的动机，我想我找到了一个，就是她把你定位成了某一类人。"

可是约瑟芬听不进，她说起奥德菲尔德女士，说奥德菲尔德女士"想请维多利亚教授下周四参加她家的聚会"，一个群体内部的高端知识分子聚会。那些人不反对扩充群体。

"那也邀请 X 参加聚会呀，"维多利亚愤愤地想，"我没想过加入他们的群体，想扩员找别人去。"

约瑟芬突然不讲聚会的事了，她盯着维多利亚说："你怎么了？怎么那样子看我？你不想帮我了吗？"

"我当然想帮你，可是也希望你能理解史密斯小姐的处境。"

"我懂了，"约瑟芬打断维多利亚，"你就是在护着她！你得知道那个女人很危险！别信她，她就是个巫婆，颠倒黑白是非，我知道她是什么人！我不许你再见她。"

维多利亚觉得自己脸红了，她想说话，话又被约瑟芬打断："行了，我知道你要说什么，找那女人谈话没用。想帮忙你就去警察局帮我指证她，要不就去镇上的疯人院，告诉他们这儿有个疯子！她就是个疯子，不能不收拾！"

有只小狗叫了起来。

"奥沙利文小姐，"维多利亚故意说，"我们最好下次再谈这个事吧。我现在得写一封很重要的信，你不介意吧？"

"你那态度也真不友好。"维多利亚想，"你无缘无故指责我，那也就算了。可是你约瑟芬是谁？年纪不大，却骑在我头上，不许我做我觉得没错的事情。荒谬，我生气理所当然。我记得长者和年轻人之间的差别，其实没有人们想象得那么大。她们俩一个被排挤，一个怕被排挤，两个都不顺心。疯子，她说疯子，还说不能不收拾。'收拾'一个人有很多种方法。"

亲爱的希尔达：

　　待在你漂亮的家里，我想起很多我们去苏格兰和爱尔兰旅行时的事情。还记得有次我们在戈尔韦附近采了春天的花，然后把它们插进果酱罐子里，放在窗台上面吗？某天我在路边看到了这个春天的第一拨花，但是它们长得不像……

不好，不好，太多回忆伤感了。希尔达的病到底怎么样了？

亲爱的希尔达：

　　这个地方真是宁静舒服……

可是刚提笔，希尔达的印象又变模糊了。

　　"我跟希尔达应该多聊点天。那些个结伴旅行一点都没意思，但是我们正好可以聊聊为什么会那样。是希尔达妨碍了我的自由和好奇心呢，还是其实是我把她吓得仓皇抱怨？

有趣，真有趣。"

晚点再写信给她吧。

维多利亚又去 X 的家，敲了她家的门，但是其实不知道自己要去说什么。X 让她进了屋，脸绷得紧紧的，什么都没说。

"下午好。"维多利亚说，"我来也没什么事，我就是想来。"

"啊，社会调查啊，"X 说，"如果我没猜错的话。你已经跟他们一伙了吧？"

"没有。我觉得不加入他们对我更好。"

"坐下吧，喝点什么吗？"

"谢谢，不用了，今天什么也不喝。"

沉默许久，X 说道："不聊点什么吗？一个字都不聊？这与世隔绝的日子半点都不觉得享受？"

"那些话不适合你听，"维多利亚说，"不过你有孤独的权利。而且我对孤独的人很感兴趣，孤独生活的方式各种各样。"

"我知道你的意思。"X 说，"我也知道你要说什么，孤独的不同方式，主动孤独和被迫孤独。"

"别这样说，"维多利亚说，"没必要说得更深。你不觉得吗，如果一个人和另外一个人不必多说也能互相理解，他们常常就不多说。我有过那样的经验，不多，就一两次。虽然不说话，但是觉得很舒服。"

X 点起一盏灯。"我在干吗？"维多利亚想，"我这是在背叛约瑟芬吗？可我这么做就是想了解得更深，然后帮她处理这件事。"

"跟我说，"X 说，"你是不是一个好奇心旺盛的人？"

"是，可以那样讲。或者说，我感兴趣。"

"对我感兴趣？"

"当然，我对什么都感兴趣。"

"你不觉得我是个危险的人吗？"

"我不觉得呢。"维多利亚停了一下，有点无厘头地接着说，"曾有人给过我一个高压锅，煮粥煮麦片之类用的。它很危险，最后还爆炸了——明显内部压力太大。"

"我想也是，"X 说，"这说明如果你不清楚机器的原理，就别乱摆弄它们。后来怎么样？"

"能怎么样，坏都坏了。就是很可惜，多好的东西。"

"又来了，她又在听歌剧了。"X 说，"她就知道听歌剧，我讨厌歌剧。"

隔壁的音乐声响无比清晰。

"你喜欢歌剧吗？"

"一般般，没觉得特别喜欢。"维多利亚说，"我最喜欢新奥尔良爵士和古典爵士。退休时学生送给我一台立体声，我把那台立体声保存得很好。"维多利亚拿出一根香烟，等着看 X 怎么反应。

"好就好呗。"X 有点不耐烦，然后又是一阵沉默。

终于 X 又讲话了："你究竟知不知道你来我这儿干吗？"

维多利亚没回话。

"你看起来倒是个老实人，自然坦率。可惜你来错地方了。这地方对你这样的人来说是危险的，你最好当心点。"

"你的意思是不是……"维多利亚讲得挺谨慎，"是不是说我是个耳根子软的人？"

"差不多。"

"还是说我是个没立场、没魄力的人？"

"你很聪明就是了。"X 说。

维多利亚叹了口气，灭了香烟，站起身来。

"我会想想的。"她说，"来你这儿爬山总是爬得够累，不过下山还是很轻松的。"

现在夜幕降临，维多利亚走到村子最后一座屋脊旁的矮墙边。再一次地，那一缕缕蓝色烟雾不断从山的隐蔽处袅袅飘入无风的夜空里。那一定是春天里燃烧的落叶和干树枝。

是的，我一定要小心一点，我得知道自己想要什么，努力保护的又是谁。她说的确实是对的。我现在要回家自学西班牙语。"对不起，有谁能帮我洗衣服吗？"这句该怎么说呢？

一天傍晚，维多利亚跟着她的感觉，往一个新的方向出发了。路线转入一条小径，渐渐消失在满是石头和橄榄树的乡村景观里。那些橄榄树看起来特别老，枯死的枝条依然挂在树上。橄榄树下一群羊正在吃草——清一色的暗黄色脊背，低着头，一副惹人怜的温顺模样。她踩到一只塑料袋上，发现自己正身处某个垃圾场，躲不开的人间乐园的郊外。她感到无端的沮丧。

就在那一刻，夕阳穿过山峦间的空隙照过来，暮色变换，黄昏之景瞬间展露；树和羊群都笼罩在一层绯红色薄雾里，这突如其来的美景犹如《圣经》中的神秘之境，带着震撼人心的力量。维多利亚想，她从未见过如此美景。她记得曾有一个布景师说："我的工作就是用光来作画，那就是全部。在对的时间遇到对的光线。"太阳快速移动，还没等夕阳消退，维多利亚就转身慢慢走回了家。

亲爱的希尔达：

我今晚感到如此高兴，于是写信来问好。你的西班牙风景画大大出乎我的意料和想象，我比任何人知道的都想得多想得深。等你再次好起来，我们抽点时间在这聚聚好吗？

我不确定能否以我们的方式来策划旅行路线，而且我想这大部分是我的责任。努力去做想做的一切，去看想看的一切，全世界到处跑。我现在懂得更多了。

你知道，一种可能是就在一个地方，四处看看，直到你看见真正不同的东西，然后再去谈论它，谈论它的方方面面，并一起摸索着前进。年轻人总是太过着急，你认为呢？

答应我，我们会再试一次。好吗？

大大拥抱一下。

维多利亚

一个星期天的早晨，维多利亚被钟声吵醒——悠远的来自教堂的训诫钟声。也许那是个好主意，她想。就这一次。但是就在穿鞋子的时候，她看见她的登山鞋立在角落里，不禁又想得更多了一些。这样一个美丽的早晨，而且她确实也无心去发现大路通往的地方，村子下面的主干道。去教堂可以等一个阴天。所以她穿上靴子，背上背包。背包里放了一瓶果汁、一包香烟和她的《旅游指南：常用语》。旅途劳累时躺在橘子树荫下的草坪上看看书，也可以很惬意。

这个清晨依旧凉爽又美好。路的一边是大大的果园，橘子和柠檬压弯了枝头，简直是完美的伊甸园——如果没有栅栏围住果园的话。里面没有人，果树间取而代之的是长得高高的完全未受人工影响的草。她走到一扇门前，发现那是锁着的。维多利亚认真想了一下，也许她可以快速滑过栅栏，像钻过一个绿色洞穴一样爬过弯弯的树枝底下，然后躺在那里，与世隔绝，偶尔摘下一个橘子——当然，橘子皮是要装进口袋里的……

一个穿着黑色衣服的女人正从村子走向她，那是 X 。

"早啊！"维多利亚对她问好，"你是要去城里吗？我能跟你一起走吗？"

X 停了下来。"不，"她回答，"今天不行。"

"我想了很多，"维多利亚开始说，但是 X 转身沿着村子走开了，就像一只黑色的乌鸦在阳光下飞过。维多利亚感到很受伤，毕竟她们有过非常私人的对话，显然，X 获胜了。她原本可以更愉快一点的。

女孩从学校一年级开始就比较难相处，维多利亚想，男孩就会比较容易；你知道怎样跟他们打成一片。她在路边坐下来，拿出她的果汁和《旅游指南：常用语》，开始想回家的路，那条路全是上坡。现在天气又开始变得太热。天气总这样，不是严寒就是酷暑。

一辆从村子那边开过来的车停下了，鸣着喇叭；车门砰地打开，从里面走出的是约瑟芬和她的狗。她摇晃了一下，坐下来，哈哈笑着坐在了路中间。"维多利亚夫人！"车里有人喊道，"跟我们一起去嘉年华！狂欢节！快点，他们可能已经开始了！"约瑟芬的脸在两股红得惊人的发辫映衬下显得更小了。她的头上扎了一条发带，脖子上绕了一串玻璃珠子，用维多利亚的话来说就是看起来像个印第安人。她的腰带上别了一把小刀。她喊道："你是我的俘虏，教授！"

维多利亚起身，问道是否是真正的狂欢节。

"这是全年最盛大的一次，"约瑟芬跟她保证，"每个人都做他们想做的，和其他人一起恣意狂欢，自由自在，无忧无虑！赶紧，我们一整天都没有到场！我们去你家找过你，

但你不在。这是梅布尔、埃伦和杰基。给，来喝一杯！我们
要去狂欢啦！"

又是威士忌。他们以极快的速度冲下山坡。约瑟芬的一
个朋友开始唱歌。维多利亚看向窗外，焦急地寻找着 X；X
根本不可能会看到她和约瑟芬在殖民地的腹地逃往敌营。她
蜷伏下来，尽量隐蔽自己，苦涩地想，我在做什么，逃跑？
往哪个方向？如果约瑟芬看见我跟 X 一起走在路上，她会怎
么想？不管怎样，他们所想的真的有所谓吗？

他们在城中因为音乐结识。

"再来一个小降调，维多利亚。"其中一个移民说道。

"不，谢谢。现在可能不行。"

他们下了车，慢慢穿过狭窄街道里的人群。约瑟芬紧紧
抓住维多利亚的手臂，欢呼着喊道，"让一下！让一下！我
俘获了一个真正的教授！"

这真的极其尴尬。

到处都是气球、叫喊声和欢笑声。小孩子们坐在父亲的
肩膀上穿梭在人群中，有戴着明黄色假发哭哭啼啼的小天使，
也有头上有犄角的小恶魔、佐罗，以及从前面广场升腾起来
的五彩纸屑云。

"奥沙利文小姐，"维多利亚恳求道，"请放开我，我真的不需要再靠近了。"但她还是被无情地推搡着，一大波花朵和橄榄树嫩枝像雨一样落下来，她被一系列奇怪的色彩和乐章包围着。很多舞者都戴着面具，这些面具表情狰狞，有嘲弄的、狂喜的，还有的看起来像在忍受着难耐的痛苦。对维多利亚来说，他们的动作简直是群魔乱舞，五颜六色的衣服也使她眼花缭乱——现在他们靠得紧紧的，在一排排安静的身着盛装的小孩中，维多利亚的眼睛锁定在一个庄重的小女孩身上，觉得似曾相识，她不由得感到一阵激动，她告诉自己，是了，那简直就是委拉斯开兹画里的小公主，她是如此的漂亮。审判从旁边行进而过，紧跟着的是含羞草和杏仁花编成的拱形花架下的最美丽的公主。维多利亚觉得她看起来有点害怕。然后是布满蜘蛛网的死亡森林，紧接着的是几个威士忌酒瓶。维多利亚转过来对约瑟芬微笑，但是约瑟芬早已无影无踪了。

　　我一定要试着将这一切描述给希尔达。我要将这一切写下来；这将会使她振奋起来。看看吧，所有人都将实现他们的梦想，即通过角色扮演，最后变成其他人。这太奇妙了。我们为什么不在家举办狂欢节——我的天，我们当然需要他们。有个女孩，她的梦想是变成英勇无畏的罗宾汉：看看她帽子上的长羽毛！那些激动的希望成为女人的男人也正和他们耀眼的胸脯一起舞出他们的梦想！

乐声靡靡中，她看见一位斗牛士正和他的公牛玩一个激烈的游戏。人们叫喊着向前挤过来。这真是场华丽辉煌的嘉年华！

一辆满载贼匪的黑色轿车驶入广场。轿车前面，街道空地上的人正是 X——她舞动着，全身跟车子一样黑，手握一把闪闪发光的长匕首猛劈周围的空气。事实上那是一把厨房用刀。音乐也已变为西班牙斗牛舞曲。然后维多利亚看见约瑟芬冲进街道里——也手持匕首。"约瑟芬！"她喊道，"住手！回来！"

这两个女人在匪车前面相互周旋。随着她们前刺、后退的动作，人群和着音乐不断喝彩鼓掌。维多利亚又叫起来，"停下！危险！不安全！"但是没人注意她。那两个女人开始踏着步子接近对方，旋转着靠近又跳开。她们的舞蹈完全抓住了观众的眼球。约瑟芬差点摔倒。此时维多利亚身后有人说她们的舞步错了，怀疑她们根本不是西班牙人。维多利亚转过身对他嘘道："闭嘴，白痴！你根本不懂发生了什么！

这事关生死。"

队伍慢慢向前移动，维多利亚紧跟其后，毫不客气地向前推挤。她看见约瑟芬跟跄着放下了匕首。X把它捡起来还给了她，然后她们继续像后院里的猫一样相互周旋。约瑟芬的狗狗们来回跑动，像疯了一样狂吠着，尽它们的胆量不断靠近X。音乐依然在继续。但队伍已经逐渐慢下来并最终停下了。约瑟芬摇晃着靠在了匪车的水箱上，两只手用力撑在上面。X慢慢向她靠近时，维多利亚尖叫起来，"不！"X举起她的匕首并快速地猛劈两下，这次她削掉了约瑟芬的红色辫子，轻蔑地将它们丢在街上就扬长而去了。

人群都后退为她让出路来，一切都发生得太快了。音乐切换为《别在星期天》，而突然被困在挤得水泄不通的人群里的维多利亚唯一想做的就是回家。最后她终于成功逃离广场，到了一条无人的街道，并坐在一家咖啡馆外面放松她的双腿。此时一个男人走上前来说道："不好意思打扰一下。我来自美国，你刚才叫我白痴。"

"你确实是，"维多利亚无力地回答道，"踩不踩脚跟她是不是西班牙人没有关系。人会踩脚是因为他们感到愤怒。你觉得哪里可以打到出租车？"

"我的车就在拐角处，"男人说道，"我来自德克萨斯休斯敦。"

回到村庄的一路上，他谈了他的家庭和工作。他们互换了地址，约定了要寄明信片给对方。

漆黑中伸展着躺在床上，维多利亚整理思绪，试图搞清楚发生了什么。情仇故事已达高潮。维多利亚想，现在约瑟芬只需要换个新发型——X却会变得更加不受欢迎和孤立无援。她行径恶劣，是个失败者。我一定要努力做到公平公正。鼓励战败者是人之常情，但裁判要的是公平，同情又有什么用？我答应要支持的是约瑟芬。但是X更能引起我的兴趣——这并不客观。

对我的学生来说，也是同样的道理——我站在哪一边对他们来说是如此重要。他们非黑即白的看事情的方式会使我感到沮丧。有没有什么事情是绝对真实、完全可靠的，有吗？每个人的想法在自己看来都是对的，是否就是因为我理解这一点，导致我优柔寡断、拿不定主意，试图默认每一种观点？但是我之前为我的学生们举办的聚会也是一种尝试，尽管那些聚会可能气氛尴尬、不够大胆，但它毕竟是一种尝试，试图使他们走出自己拉帮结派的小圈子，变得友好文明，学会彼此倾听和理解。我的派对是个好主意。我觉得我应该再试一次。是为整个移民地举办的派对吗？不，只为约瑟芬和X。

晚上电报来了。"妈妈今天早上死了，就像睡着了一样，但好像有点奇怪，不要担心，如果屋顶漏雨，告诉约瑟，不要担心伊丽莎白。"

一开始维多利亚感到她应该回家帮忙，但并不确定。她坐在桌边一遍遍反复地读这封电报。屋顶怎么了？为什么开始漏雨了？太奇怪了。过了一会儿，她走到阳台上倒了几桶水到屋顶上。没有水漏下去。

突然，一阵异常强烈的悲伤向维多利亚袭来，为这个失去的青少年时期的朋友——希尔达，她从来不知道自己总是可以轻易解决难题。

我要扔掉那可怕的鱿鱼！然后把放在外面喂猫的碟子拿进来。它们不喝牛奶，这些西班牙猫——这里的猫并不都正常。

那天晚上维多利亚到咖啡馆点了一杯自由古巴。她请教约瑟那些野猫渴的时候都喝什么。

约瑟笑了起来："它们舔露水止渴。"

那天晚上维多利亚歇下来准备睡觉，她想象自己是一只自由自在的西班牙猫，在黎明找一棵合适的羽衣草采露水喝（如果这村里长羽衣草的话）。

维多利亚为她的派对写了邀请函，为了正式的遣词造句和书法笔迹还颇费了一番心思。晚餐应该安排在约瑟家附近，那里有村子里唯一的饭店，就在他的咖啡馆后面，有可以尽览山谷美景的阳台，对经过的夏季游客们来说是个完美的选择。

这真是恰到好处，维多利亚这样想着，随后就跑去跟约瑟讨论她的计划。咖啡馆里面人很多。她跟约瑟和卡塔利娜打了招呼并邀请他们跟她喝一杯，因为她有一件重要的私事需要他们给点意见。卡塔利娜说她太忙了没法参与，好在约瑟端了两杯自由古巴到了阳台玻璃门旁边的桌子上。维多利亚开门见山道："我正在为两位客人计划一顿正式的晚餐，而且我希望它足够完美。我对你的烹饪经验很有信心，希望你能为我的菜单给点意见。你觉得用羊肉来做主菜怎么样？"

"当然可以，"约瑟热心地建议道，"我推荐豌豆羊肉。"

"听起来相当不错，"维多利亚说，像个专家似的若有所思地点着头，"那第一道菜呢——我是说前菜？"

"炸虾怎么样？"

维多利亚知道那其实就是对虾。她撇了撇嘴，西班牙人经常在家就用对虾来做正式的晚餐。"有没有更——新颖一点的？"

"野生刺海胆？"

"好吧，看情况，"维多利亚含糊道，也没想要请他翻译一下。"但是桌子上必须要有含羞草，而且要大量的。杏花就不要了，我们得为那些可怜的杏仁着想一下。酒呢？"

"国王特权，"约瑟肯定道，"毫无疑问就是国王特权。想要尝尝吗，教授？这种酒非常有名。"

"求之不得。"

约瑟取来两个大玻璃杯，维多利亚尝了酒。她优雅地点了点头，又问了它的年份。接着他们继续一开始的讨论。旁边的村民们仔细地听着他们的谈话，他们认为这很重要。

约瑟问："教授，你更喜欢哪个，什锦田园沙拉还是青葱配甜菜？"

"当然是什锦田园沙拉。"

"必须是它啊。"约瑟赞赏道，表示相当同意。

"还有奶酪。"维多利亚说。

"只有奶酪，不需要点心？"

"我觉得只有奶酪显得更讲究一些。然后还有咖啡。"

约瑟举起双手。"我亲爱的教授，那是不可能的，简直不可想象！没有甜点你就不算是享受了一顿真正的晚餐！咖啡甜酒、粉彩公主、法国梧桐、痛快的爱情……"

"真的有这么重要？"维多利亚惊讶地问道，"你说的最后一个是什么来着？"

"痛快的爱情。"

"那意思是不是类似'冷爱'？"

"差不多。"

"那就再好不过了，"维多利亚说，高兴得咯咯直笑。"还有一个重要的细节：桌上必须得有橘子，要一大碗。还要带着叶子。"她看出约瑟不太赞成这个想法，他的脸色一下子就黯淡下来了。之后她拿出准备好的邀请函，并拜托他帮着安排把它们送出去，这比邮寄显得更礼貌一些。

讨论就在这里结束了。

第二天就有那个不太合群的教授要在约瑟家办一场时髦晚宴的传闻。关于橘子的细节被认为非常有趣。来宾的组合也成为普遍的谈论话题。目前为止，正如大家所知道的那样，两个女人都没有拒绝邀请。大家都明白这彻底改变了局面，现在需要用全新的视角来评判这件事了，当然，这要取决于维多利亚这次晚宴的结果。

这个决定性的夜晚温和美丽。维多利亚精心打扮了一番：珍珠是招待客人时戴的，灰龙猫皮则是为了吸人眼球。咖啡馆都被村民挤满了，只有阳台上没有人。移民地居民们都担心自己显得不够好奇似的。

宾客们从不同方向准时到达，约瑟芬没有带她的狗。维多利亚站起来欢迎她们。约瑟围着白色围裙亮相，并为她们上了国王的特权。

"你们能来实在太好了，"维多利亚说道，"让我来为健康干杯，因为我相信你们在其他方面都是两个富有勇气和进取心的女性。让我们为春天，为新的开始，举起酒杯。"

约瑟芬去过城里的一家美发沙龙，现在正顶着一头惊人的浓密红发。

"真好，"她感叹道，"太好了。"

维多利亚的客人们都显得非常拘谨，好像来参加考试似的。

维多利亚绕着外面的美景、山脉和开满花的谷地挥动了一下手臂，然后说："你们知道，我还教学生时，当我和学生们交流，他们中很多人都渴望在未来有一天能负担起旅费的时候去旅行，或许就是去一个像这样的地方。我们经常展开一张世界地图就开始讨论我们最想去哪个地方。真的很有趣。"维多利亚转向 X，问她为什么选择这个特别的村子定居。

X 耸了耸肩说："我照顾一个上了年纪的亲戚很长时间。她死后我就继承了她的房子。"

"你会想家吗？"

"不想，但我有时候真的很想念草坪。"

"当然了，草坪！"维多利亚精神百倍地回应道，"还有草地。在这里你们不能踩在草地上，那是为橘子树预留的空地。当然，你们可以去山里——那里没有栅栏。"

"那里除了石头什么也没有，"约瑟芬说，"我去过了。"这时，约瑟出来为她们服务，约瑟芬就停了下来。他走后，她又不耐烦地重复了一遍："除了石头什么也没有。而且室内真的很黑，总是那么黑。"

"是的，"维多利亚说道，"但是我们唯一能做的就是走到户外去，对吗？"

客人们没有回答。场面陷入长时间的安静。X 在吃东西，而约瑟芬只是在戳着食物玩。

维多利亚又尝试了一次。她讲她学生的趣事，一些她自己办不到的事，他们如何对她伸出援手，就像约瑟芬曾帮助她生火一样，或者像史密斯小姐那样在她疲惫和生病的时候让她去休息。

"那时候你并没有生病，"X打断了她，看起来平静而笃定。"你好得很。你只是出去为她的利益四处查探。"

"太对了，史密斯小姐，"维多利亚轻声答道，"我行为恶劣。但说实在的，你真的认为到处威胁杀人、对着他们的女仆扮鬼脸就很合适吗？"

约瑟芬笑起来，终于开始吃她的食物。

"至于你，约瑟芬·奥沙利文，"维多利亚继续说道，她觉得要公平一点，"歌剧真的是你唯一喜欢的音乐吗？"

"不是。"约瑟芬生气地说道。

约瑟又过来了，注意到气氛有点不对就问她们一切是否都还满意。"谢谢，非常好，"维多利亚说道，"能再给我拿一瓶你的好酒吗？"他弯了一下腰就走开了。不一会儿酒就上来了。

维多利亚望着山谷说道："好安静啊。"

"安静，"X强调，"你处理不好与安静的关系，对吗？如果人们认为不去表达他们心中的小心思也感到很舒服很放松的话，那就没有必要总是聊天。你是不是这样觉得？"

维多利亚脸红了，"如果用扭曲失真的方式去重复，任何表述都会失去意义。"她生硬地说道。

约瑟芬意味深长地看了维多利亚一眼，坏笑着耸了耸肩。

她们继续吃着这顿饭。

橘子摆得很漂亮，每个上面都有自己的绿叶。维多利亚拿了一个，并赞赏道约瑟确实在这上面用心了。

"装模作样，"X说，"他以为我们是游客吗？这里没人吃橘子。"

维多利亚说："这是我的主意，不关约瑟的事。想着用橘子做个装饰，同时也是一种象征。"

"象征什么？"

"可能是一个梦想，伊甸园里的智慧树象征，或者一些做不到的事。我真的很相信橘子。"

"我懂了，"约瑟芬惊呼道，"把橘子放上桌没有什么不对！就像俄罗斯人放苹果一样。我知道维多利亚的意思。她真是不同寻常。"

"请温柔地放下它，"X无不讽刺地说。

阳台下边的大路上，几个小男孩停下来指着这边，一遍遍用西班牙语喊着什么。

"他们想要什么？"维多利亚问道。

X看着约瑟芬小心地解释道："他们说就是那个女人在狂欢节上大闹了一场，就是在匪车旁边的那一位。"

"他们说的不是我，是她！"约瑟芬喊道，"发疯的是她！维多利亚，你看到了！"

维多利亚有一瞬间冲动想要斥责她们。姑娘们，姑娘们！她想说，但最后还是收住了舌头。约瑟出来说了一连串西班牙语赶走了那群小孩。

太阳下山了，一切都冷却了下来。维多利亚突然很恼怒，"女士们，"她说，"对我来说，狂欢节简直是难以置信。我也知道兴奋会在一定程度上使人失去理智而变得有点疯狂。相信我，我失控的次数比我记得的都多。但后来我都试着忘记它，而且我希望别人也都能这么做。"她示意约瑟再拿一瓶酒过来。"这酒真好，就应该在这种安静又贴切的氛围中饮用，女士们，我们应该敬谁呢？"

"敬你，"约瑟芬喊出来，"敬公平！公平总能制服一切犯规！"安全起见，她已经在出门前喝了几杯。

"你觉得她的新发型怎么样？"X说道，手并不碰杯子。

维多利亚接道："我觉得她的新发型怎么样？我觉得那

使她看起来更年轻了。"

现在她已经相当疲倦了，准备把派对交给客人们。她借故躲到了女盥洗室。窗外的景色美极了，可惜她根本没注意到。她想如果把她们两个留在那里未免显得有点不够朋友。我本来也可以留下来的。现在她们安静地坐在那里。我失败了。我现在应该学着帮助他人解决他们自己的问题。我就像某种牧羊犬那样，跑来跑去累得筋疲力尽也要把大家聚拢来组织好。这想法使她发笑。她决定在咖啡里再加点干邑白兰地。

当她穿过咖啡馆要回到座位时，约瑟神秘兮兮地走过来对她小声嘀咕道："怎么样了？"

"进行顺利，我想，"维多利亚说，"成功了。食物、酒、装饰——一切都很完美。我想我们还要来点干邑白兰地加在咖啡里。"

她的客人端坐着。很明显，他们已经聊了一会儿了。

"亲爱的维多利亚，"约瑟芬兴奋得屏住呼吸，"我们在想……"

"首先要谢谢她。"X插话进来。

"是的，当然。感谢你非凡的友善和慷慨。晚餐非常棒，每个细节都特别周到。”

“不会那么快，”X 说，“你需要抓住窍门。很简单，维多利亚，你已经给了我们机会。但你不觉得我和约瑟芬还会继续讨厌彼此吗？”

“有可能，”维多利亚回答，“的确，为什么不呢？这边还有干邑白兰地。这次我们又为什么干杯呢？”

“不为什么，”约瑟芬说，“我已经谈得够多了，真的应该回家了。狗狗们整个晚上都自己待在家里。”

“它们的腿太短了。”X 说。

维多利亚举起白兰地说道：“女士们，你们把时间浪费在了无关紧要的事情上。喝完咖啡后我想我们都该在夜幕中陷入思考。”

谈话结束后，她们走出咖啡馆，到了广场上。

“有点冷，”约瑟芬说，并试着帮维多利亚拢紧她的灰龙猫皮草。

“不用管它，”X 说，“冷或不冷，维多利亚自己会感觉。别大惊小怪了。”

“你总是比其他人知道得多！”约瑟芬有些咬牙切齿，“但关于维多利亚，你一件事也不了解，什么也不了解！”她快步走到前面。

"不要理会她，"维多利亚说，"在早晨她总能将事情看得更清楚些。"

"你这样认为？"

"当然，一切都是变化的。"维多利亚没有再继续解释下去的是，每个新的清晨都是一种幸福挑战，带着新的机会、惊喜，甚至新的视野，还有简单的快乐。事实上整个晚上她已经高谈阔论得够多了，这时她只是简单地提到约瑟会在九点后带一些柴火过来。所以她要收拾好露台，让他把柴火堆到另一个角落，这样就不会妨碍到旁边的九重葛了。

X笑了："无关紧要的事，我亲爱的维多利亚。我记得你提到无关紧要的事？那些琐事和顾虑。每个新的一天不是被这件事占据就是被那件事占据。看看那边的约瑟芬，她花了半天时间遛狗和放歌剧，剩下的半天参加无意义的派对。委屈自己、让自己受欢迎、坚持那些让你感到自豪的事……这多么难，而你，维多利亚，你屈尊降贵来展示你的好意和耐心。噢是的，我看见你在那辆车里！等等，什么都不要说，我认识你这样的人，他们很难拒绝别人，但你根本没有真正的原则，也不会在你做的事情上指导别人。你们没有人这样做。

你稀释你的酒和感觉。你知道我在说什么吗？你没有一个坚定纯粹的信念。"

她们继续向前走，赶上了约瑟芬，她正坐在通向她房子的长长的台阶上。

维多利亚对 X 说："有信念，有信念，仇恨移民地不是特别有趣的一个，而且现在这也被淡化了，难道你不觉得吗？你得重新为自己找一个，如果可以，找一个更有用的。或者干脆忘了它。"

"你什么意思，忘了它？"

"好啦，你可以接受你是个普通人的事实。我一直觉得那值得开心一把。"

"哈哈，你说对了，"约瑟芬说，"特别普通——像维多利亚，那是少见的。"

X 已经扶着约瑟芬站起来一边说道："是的，是的，起来，我们走。晚安，维多利亚。"

"晚安。"维多利亚站着看了一会儿她们辛苦地爬上那一长串台梯。

还有一些其他人也在看。

第二周，X 被邀请去温莱特家，之后甚至还去了奥德菲尔德夫人家，然而直到移民地方面保证史密斯小姐确实有一些有趣的癖好可以为活跃当地的社会生活做贡献，她才被核心圈子所接受。但那是秋天以后的事了。

淘　宝

　　已经早晨五点钟了。仍旧是阴天。而且可怕的恶臭似乎变得更糟了。艾米莉按照惯常的路线走下去，到了罗伯特大街的布洛姆杂货铺，玻璃碎片在脚下吱吱作响，她决定总有一天要尽量让效率更高一些。只要她能永远有时间去淘宝。到现在为止，他们的厨房里已经有相当多的罐装食品了，但在这些日子里，你无法确定是否够了，艾米莉想。非常奇怪的是，在布洛姆杂货铺的外面有一面大镜子被遗落在那里，艾米莉停了一会儿，在镜子前拉直头发。其实再也不能说她胖，也不能说丰满的美女了，尽管克里斯经常这样说她。事实上，她的这件外套看起来也很好，是绿色的，正好匹配她的购物书包。艾米莉爬上了一大堆很高的砖头和砂浆，然后从窗口走了进去。里面是闻起来很不好的腐败掉的食物。她立刻就注意到，他们又出来了，因为货架几乎是空的。他们对酸菜没有兴趣，她放下所有的罐子，用手把最后残存的一包蜡烛保护好，接着去拿一个新盘刷和一瓶洗发水。果汁已经没了，所以现在克里斯说她想要的是河里的水。唯一的可能就是去龙格伦家里找找，但是要走很长的路。又过了一天。为了能够最大程度地利用好早晨，她在六点钟就跑了过来，把书包放在一楼，然后到楼上埃里克森家。不能走得再远了。非常幸运的是，埃里克森一家离开时，他们的门是敞开着的。艾米莉知道，她不会在这里有更多的收获，因为很久之前她就曾彻彻底底地在这里逛过，但是能够坐在客厅里这个舒适的大沙发上让腿休息片刻，也是件很开心的事。这已经很不错了，尽管已经斑斑驳驳，还不知被谁用刀砍了一个口子。不管怎样，艾米莉第一个来了。而且她很感谢这个宁静的房子里的女主人，因为她除了食物以外，别的什么都没带走。后来，当一切都被摧毁之后，她一件件地攒下了好多东西，从而把厨房装饰成一个美丽的家园，这让克里斯非常惊喜。这一次，她从洛可可带回来了一座墙上挂钟，它已经指向了五点，这是她的淘宝时间。没有其他人会在五点钟出去，这是一个很好的、很安全的时间。

艾米莉开始往家走，她想知道，克里斯是否还能继续忍受酸菜，尤其现在他的胃已经变得很脆弱了。大约走到一半路时，艾米莉把书包放下来，书包相当沉重，她看着远处不断变化的风景，往下看时，看到了她住的地方，那里真的是所剩无几的废墟了。在河的另一边，什么都没有。奇怪的是，公园里的树木也还没有开花。

然后她就看到了他们，就在最远处的罗伯特大街上，只是两个斑点，但非常清楚地看得出来，他们正在移动，他们来了。艾米莉开始跑。

他们的厨房在一楼，他们习惯在厨房的桌子旁吃饭，于是当灾难发生时，很凑巧，他们正在用餐，所以就幸存了下来。地板的其余部分被完全阻断了。克里斯毁掉一条腿真的是完全没有必要的事情；艾米莉觉得他实在没有必要冲出去，让自己被一半门面压住，这一切不是因为别的，都是因为人的好奇心。他很清楚需要做什么，因为电台曾发布警告并说：

发生任何事件时都要留在室内，等等。现在他就在这里，躺在一块床垫上，这块床垫是艾米莉在街道上发现的。那块碎布地毯，她一直挂在往里吹风的窗户上，后来完全通过在外面的废墟上钉上木板进行支撑。幸好工具箱是在厨房里。任何人都能够通过这个窗口进来。为了安全起见，她还花了几个小时的时间，在外面堆了一大堆东西进行了伪装。克里斯躺在他的床垫上，听着艾米莉如何把它们安置在屋子里，他自己不禁感觉到她很开心——这几乎是滑稽的。他尽可能地避免吓着她。他睡了很多觉。这条腿似乎没有那么糟糕了，但它仍然作痛，没法站起来。克里斯更加被黑暗折磨着。

现在，他已经醒了，他摸索着找放在床垫子旁边的地上的蜡烛和火柴。他点燃了蜡烛，并小心翼翼地使火柴不熄灭。那里放着从埃里克森家拿回来的书籍，都是未读过的书籍，不过这个世界已经不再对他产生影响了。他掏出他的手表，每天早上他都做这件事。现在已经六点多了，她随时随刻都会回来。他们剩下的火柴不多了。

"我希望，"克里斯想，"我希望我们能谈谈发生了什么事，说出具体是什么，并认真和客观地交谈。但是我做不到。而且我不敢让她害怕。只是这该死的窗户随时可能会打开。"

现在她回来了。打开厨房的门锁，把书包放在桌子上，对他微微一笑，给他展示埃里克森家的镀金时钟。真是可怕的一幕。"你的腿怎么样了？睡得好吗？"

"非常好，"克里斯回答道，"你找到火柴了吗？"

"没有，而且果汁也没了，他们还砍坏了埃里克森家的沙发。"

"看你上气不接下气的，"克里斯说，"你跑着回来的，你看到他们了吗？"

艾米莉脱下她的外套，把新的洗盘刷挂在旧的衣夹子上面。"我必须从河里打回来更多的洗碗水。"她说。

"艾米莉，你看到他们了吗？"

"是的，只有两个人，在很远的地方，在爱德伦的角落处。也许人们已经进入城镇了，现在商店是空的。"

"爱德伦的角落？但是你说一个人都没有？加油站后面也什么都没有？"

"没有，但无论怎样，就在角落那里。"艾米莉把装有番茄汁和脆面包的托盘放在他身边的地板上。"现在尝试着吃一些吧，你已经变得太过消瘦了。"她拿起家用记事簿，放进《蔬菜》杂志旁边的新罐子里。

很快克里斯就开始再次提到窗口，他们需要打开它，把它拿开，让阳光照进来，他再也不能继续待在黑暗中了。

"但他们会来到这里！"艾米莉惊呼道，"他们会马上找到我们，并把我淘回来的所有食物全部拿走的！克里斯，你现在能不能明智一点！你不知道我看到了什么！埃里克森家的沙发……很多被砸了的陶器、古董，还有……另外顺便告诉你，外面也已经很暗了。"

"你什么意思？"

"就是的，外面正在变得更黑暗。两个星期前，我还能够在四点钟走出去买东西，可现在在五点钟之前你几乎看不到什么东西。"

克里斯被剧烈地震动了："你确定吗？变得更暗了吗？但实际上现在刚刚是六月初，天不可能变得更暗了！"

"克里斯，亲爱的，省省吧，外面一直是阴天，很久之前我们就开始没有阳光了。一次也没有过。"

他坐起来，抓住她的胳膊："你的意思是像黄昏还是……"

"不！我的意思就是外面是阴天。多云，你懂吗，多云！你为什么非要让我着急呢？"

在远处的城中，警笛再次响了起来，它急促的声音渐渐变缓了，有着较长的时间间隔，这是一种无助的哀号，使得艾米莉安静下来。他试图安慰她，说他们也许在消防站有一台发电机，而且不知何故它正越陷越深，但事与愿违，她只是哭。她就在那里哭，还跑了起来，开始盲目地把自己的罐子放在厨房的架子上，一个罐子掉下来，摔在地上，滚动着，推倒了蜡烛，于是蜡烛熄灭了。

"看看你做了什么，"他说，"你以为我们还剩下多少火柴啊！"

"等我们没有火柴了，你觉得我们应该做什么？坐在黑暗中，等待结束吗？我们需要有一个窗口！"

"去你的，去你的窗户。"艾米莉喊道，"为什么你不能让我快乐，你想当然地觉得我什么时候会高兴！难道我们在家里这样不好吗？我昨天发现了一块肥皂，你明白，一块肥皂！"她突然平静下来了："我把家装扮得这么好。我会出去，去淘东西。我会找到一些惊喜……为什么你要吓唬我，为什么你做什么都那么悲观呢？"

"你怎么想，"克里斯说，"你是怎么想我的感觉的，我躺在这里就像一具尸体，不能够帮助你和对你负责！这种感觉真是该死。"

艾米莉答道："你很自豪，不是吗？你从来没有考虑过，在我的整个生活中，我根本没得到保护，而且我必须亲自处理重大的事情！别管我，别把它从我身边拿走！现在唯一需要你做的算是帮我忙的事情就是不要让我感到害怕。"她划火柴点着了蜡烛。她又说："我唯一关心的事情是，他们不要来，不要拿走我们的食物。别的我什么都不管。"

有一天，克里斯忘记给时钟上发条。他不敢马上谈论它，第一次说已经是傍晚了。艾米莉站在水槽旁，她在发愣，一句话也不讲。

"我知道，"克里斯说，"这是不可原谅的。我不需要关心别的事情，只是需要上好时钟的发条，我会这样做的。艾米莉？说话啊。"

"这些时钟代表了我们所有的人，"她说，声音非常低。"每时每刻时钟都在那里。现在，我都不知道什么时候我该出去淘宝了。"

他重复道："这是不可原谅的。"

关于这件事，他们没有再说什么。但是时钟发生的任何变化，存在不确定性，让他们两个都觉得不舒服。艾米莉不经常带着书包出去，而且为什么要是她呢？杂货店是空的，在埃里克森家，她只会感觉到忧郁。无论如何，最后一次她在那里，她找到了一大块西班牙披肩，当时披肩盖在钢琴上，她可以把它用染料染色后搭挂在窗口。在回家的路上，艾米莉看到了一条狗。当她在路上跑时，引起了狗的注意。

当她走进厨房后，她说："我看到了一条狗。"

克里斯产生了浓烈的兴趣。"在哪里？什么样子的？"

"棕色和白色相间的。在公园里。我跑向它，它害怕了，就跑了。大鼠却从来不会害怕的。"

"它往哪里跑了？"

"哦，反正就是跑了。奇怪的是，为什么没人把它吃掉。什么小动物能不能吃不是需要考虑的问题。话说回来，它并不是很瘦。"

克里斯又躺下了。"有时候，"他说，"有时你让我感到吃惊。女人真是令人感到奇怪的东西。"

艾米莉和克里斯就这样每天继续着相同的方式。克里斯的腿好一些了，偶尔他也可以坐在餐桌旁了。在那里摆弄着火柴的摆放方向，一遍又一遍地反复摆弄着。每当艾米莉出门去寻找水的时候，他都会问她是否见到过"其他人"。有一天早上，她看到了他们。

"是男人还是女人？"

"我不知道，在公园里很远的地方。"

"你没看清是年轻人还是老人吗？"

"没有。"

"我不知道，"克里斯说，"我不知道是否他们也注意到了天正在越变越暗。他们在想什么，他们尝试与对方进行商量和共同打算吗？还是他们只是害怕。为什么他们没有像其他人一样消失？另外，他们是否认为他们是完全孤独的，没有任何其他人留下，不是一个单一的人……"

"亲爱的克里斯，我不知道，我不知道，我会尝试不去想他们。"

"但是，我们必须考虑他们的！"克里斯惊呼，"也许这里只有我们和他们了。我们甚至可能会遇到他们。"

"你知不知道你到底在说什么？"

"是的，我是认真的。我们可以与他们交谈，从而弄清楚可以一起来做些什么，然后分享成果。"

"食物不行！"艾米莉哭喊道。

"留着你的这堆破罐子吧，"克里斯轻蔑地说，"我们可以分享这些已经发生的事，这些你永远都不想谈的事。发生了什么事，为什么会发生，人们该如何继续，甚至是否有一些可以继续的可能性。"

"我必须出去倒泔水。"艾米莉说。

"不管怎么样，你必须听我对你说过的话，这很重要。"克里斯继续说着，他试图传达给她一种信念，这种信念是他在这些天、这些周的日日夜夜的沉闷和黑暗里形成的，在他觉得他的女人应该显示信任和忠诚的方面，他表达了对艾米莉的预期的意见的极大尊重。其实，他给过她爱的宣言，但她并不明白，尽管她一言不发，但是她实际上已经开始觉得不必听他的话了。

当艾米莉走后，克里斯产生了可怕的愤怒，他到了窗户前面，拉下她的西班牙披肩，他撬开了一块板，又撬了一块，他失望而仇恨地敲打着窗户，直到腿站不住了，他用膝盖跪倒在地上。经过一侧的一个小口，房间内照进了一抹自然光。

艾米莉回来了，她停在了门槛上，大叫了一声："你撕破了我的西班牙披肩！"

"是！我撕破了你的披肩。世界末日来了，小艾米莉的披肩被撕破了。太可怕了！把斧头给我——快点！"

克里斯一次次地克服困难。他一次次倒下，扔掉斧头，又一次次重新尝试。

"让我来。"艾米莉低声说。

"不。你拿它什么都干不了。"

于是她只好走上前，扶住他，以便他能继续。当窗户被完全打开时，她开始清理所有他产生的碎片。克里斯等待着，但是他的妻子什么也没有说。他们的厨房完全被来自外面的灰色的光照射着，暴露出一个装满杂物和没有用的废物的屋子。

艾米莉说："他们朝这边来了。"看也不看他，她继续说："你的腿看起来能站得住了。现在外面就像这样，这么混乱，所以我没法带着你。来吧，我们出去吧。"她打开了厨房的门。

"你相信我吗？"克里斯问，"你相信我吗？"

她回答说："说什么呢，我当然相信你。你应该把你的外衣穿上，外面已经开始变冷了。"她帮他穿上外套，挽住他的胳膊。

外面的天已经变暗了，傍晚来临了。"其他人"越来越近了。克里斯和艾米莉缓慢地朝着他们走去。

森　林

　　在那些日子里,森林里能看到的只有牛的脚印。森林很大,如果你进去找莓子，很可能会迷路，几天都找不到回家的路。我们都不敢往里面多走，只是站在原地感受一会儿里面静谧的氛围,便往回跑。马丁比我更害怕,他那个时候还不到六岁。在那个小山丘下面有个接送点，妈妈每次去工作前都会告诫我们。

　　妈妈在城里工作，所以我们可以在她通过广告租来的房子里面度过我们的夏天。她请了安娜来为我们做饭。安娜经常说"出去玩去吧",因为大多数时间她喜欢一个人安静待着,不被我们打搅。

无论我走到哪里马丁都喜欢跟着我,"等等我!"和"我们今天会玩什么?"但是他的年纪实在是太小了,你能跟这个小弟弟玩什么呢?这些日子真的很难打发。

然而,在一个非常特别的日子,妈妈给我们寄了一个包裹,里面有本彻底改变了我们现状的书,它的名字叫《人猿泰山》。

马丁那个时候还不识字,但是有时候我还是会念一些给他听。绝大多数的时候,我会把这本书带到一棵树上去读。马丁就站在树下面缠着我问问题:"现在泰山怎样了?他还好吗?"

然后妈妈又给我们寄了《泰山的野兽》和《泰山的儿子》。

安娜说:"你们真是有个好妈妈。只可惜你们失去了可怜的爸爸。"

"我们没有失去他!"马丁说,"他又高大又强壮,而且他什么都不怕,所以你说他的时候小心点!"

马丁就此宣布了他是泰山的儿子。

这个夏天变了很多,而最大的变化就是我们开始进入森林了。我们发现原来这里是从来没有人开发过的。每次的探险，让我们走得一次比一次深，直到树木最茂密的地方，茂密得看不见阳光。我们像泰山那样安静地走在丛林里，不踩断任何小树枝，我们的听觉变得更加敏锐了。我和马丁解释，最起码现在必须小心我们的野生动物朋友们，我们不能走牛径，因为这些丛林野兽们是靠着这些牛的脚印来寻找它们的水源的。

"我听你的，泰山。"马丁说。

我教会了他如何通过辨别太阳的方位来寻找回家的路，我也和他解释了为什么一定不能在多云的天气来这里玩。我的弟弟开始变得更大胆，也更加有技巧了，不过在面对致命的蚂蚁时他还是会害怕。

有时候，我们找到一个安全的地方，躺在苔藓上仰望着这个伟大的绿色世界。茂密的森林让我们几乎都看不见上方的天空。我们可以听到风吹过树梢的声音,但空气却是静止的。我们从来都不会有什么危险，因为有丛林的隐蔽和保护。

有一次，我们来到一条小溪旁。泰山的儿子知道溪里都是食人鱼，但他还是照旧蹚过——以非常快的速度。我为他感到骄傲，特别是当他独自进入深水区的时候。虽然他并不知道我站在他身后的石头上，拉着他的安全绳。

我给我们俩做了弓和箭，但是我们只射过一两只鬣狗——我们其实不把它们当作我们的野生动物朋友——还射过一条蟒蛇。我们一箭射到它的嘴里，它马上就死了。

回家吃饭的时候，安娜问我们出去玩了什么，马丁告诉她，我们已经过了玩的年龄，我们去探索森林了。

"那很好，"安娜说，"你们随便去，但是尽量不要耽误了晚饭。"

按照不能质疑、严谨和公正的丛林法则，我们发现我们有了新的独立和自由。丛林完全张开了她的臂膀并接受了我们。每天，我们都会经历大胆且令人兴奋的体验，我们不断地挑战着我们的极限，我们变得比想象中的还要强壮。但是我们从来都不会伤害比我们弱小的动物。

刚到八月，天就已经黑得很早了。我们不愿意见到黑暗的降临，于是当红色的夕阳照射在树干之间的时候，我们便会跑回家。

安娜熄掉灯，关上厨房的门，我们便会躺在床上聆听。远处有什么东西在怒吼，然后有阵呜呜声靠近房子外面。

"泰山？"马丁轻声问，"你听见了吗？"

"睡觉，"我说，"没东西可以进来。相信我。"

但是马上我感到不妙，因为我意识到我们与野生动物朋友们已经不再是朋友了。

我闻到了野兽毛茸茸的身体擦着房子的墙而产生的臭味……是我把它们召唤了出来，也只有我才可以把它们赶走，在一切都还来得及以前。

"爸爸！"马丁哭道。"它们要进来了！"

"别傻了，"我说，"这只是一些老猫头鹰和狐狸在发出声音。快去睡觉。关于丛林的故事都是我们编造的，都不是真的。"

我说得非常大声，大声到它们在外面也能听得到。

"那些当然是真的！"马丁尖声叫喊道，"你错了！它们是真实的！"他激动起来。

接下来的那个夏天马丁再次要求去丛林里探险。但是老实说，这样只会让他越陷越深。

体育老师之死

　　一年春天，当康布雷区的树枝正要发出嫩芽的时候，有一件不幸的事情发生了，并对南拉丁男子学校造成了长期深远的影响：体育老师在体育馆里上吊自杀了。看门人是在星期六的晚上发现他的。低年级的体育课在学校另出通知前一律改成了绘画课，几乎无一例外，男孩子都为他们的素描作业选择了这个极其病态的题材。

　　学校在葬礼的当天放假了。在校长看来，这个令人难过的事件可能与这位老师没能通过体育主任的任职资格考试有关，但是也有另外一种说法。有一种推测提到了位于学校西边一英里处被砍伐掉的树林的残骸。这一小块林地面积还不超过三英亩。这位体育老师有星期日带他的学生去那里玩的习惯。据说他就是那个将带钩的铁丝网围栏剪断的人。那些围栏是高层建筑开发公司安装在那里的，用于防止人们在树木被采伐之前翻入林地并且在里面搞恶作剧。无论事情的真相如何，大家都认为他的死——说句公道话——有点反应过度而且完全没必要。

葬礼那天，亨利·皮福特带着他的妻子弗罗伦丝（大家也叫她弗洛）开车出城去了，他们被邀请去参加亨利在建筑行业的一个生意伙伴举办的晚宴。因为塞车，他们开得很慢，有时甚至长时间停步不前。他们还得再开两个小时的路才能到呢。

每当弗洛心情沮丧时，她的脸会变窄，眼睛显得更加硕大，大到在靠近鬓角的地方收住眼角。她的眼睛像是夸张的马赛克，亨利经常这样取笑她。她那头满是小卷的头发倒是挺衬那对马赛克眼睛的，但是她的眼镜就有点"特立独行"了。再看看亨利，生活给了他一种你可以称之为让人舒服的男性化外形，能让人激发自信，但是老实说他的容貌既不轮廓鲜明也不会让人特别印象深刻。

"又堵上了，"弗洛说，"我最讨厌在塞车长龙里等着，让人觉得受了侮辱似的。你会觉得自己被什么东西限制住了。我从来就不敢想象让住在另一个城市的人开车到我们家来吃晚饭。我们本来可以去参加葬礼的。"

亨利说："但是你觉得我们不需要去。"

"需要，谁说不需要。我说过的事情多了。她为什么不邀请孩子们呢——他们又不是不用吃饭！她难道忘了我们有小孩了吗？"

"但是他们想要踢足球啊。他们才不想参加妮可家的晚宴呢。"

"亨利，你知道这档子事的。甲约了乙，然后乙说不好意思，来不了，大家皆大欢喜。"

汽车长龙又开始向前移动了。过了一会儿，他说："你不喜欢她。"

"我们只见过一次面，在沙登。我对她谈不上有什么特别的感情。"

他们身边的风景平坦而毫无个性，除了一群群反复出现的高楼大厦与道路形成一定的角度，还有加油站，所有常见的路边风景都是一个样，没有个性，单调得像一次礼貌的对话。

"亨利。"

"怎么了，亲爱的？"

"我只是想了想……"

"我知道。孩子们说什么了吗——他们问你了？"

"没有。"

"但是他们知道了，对不对？"

"可怜又可爱的亨利啊，整个学校都知道了。这是个可怕的地方。他们的房子在哪儿？"

"他们还没开始动工呢，这是块空地。"

"空地？"

"他们把树木都砍掉后，留下的地方就叫做空地。"他刚一说出口就知道他说错话了，于是他等着，听听看她会说什么关于那些树的话，同时也好让自己有时间准备解释。是否必须修房子啦，人类如何比树重要啦，以及树太多了而人类需要住的地方啦。

但是弗洛什么也没说。她用裙子的一角擦着她的眼镜，但没等他们开出几英里她又开始重复那些尽管如此他们还是该去参加葬礼的话。

"我们和他这个人又不是很熟，"亨利反驳道，"没人会在意我们在不在那儿。"

"亨利，我有点不舒服。"

"但是我们不能马上在这里停车啊。很不舒服吗？你平时不会晕车的啊。"

"你带着干邑白兰地了吗？"

"就在手套箱里。"

窗外荒凉的风景还在继续。

"你知道吗？"弗洛说，"这个晚宴绝对没必要。"

亨利强迫自己要耐心点。"你错了，不会没必要。我和米歇尔一起共事，他们叫我们去吃晚饭，我们就应该去，你懂这道理的。"

"是的，当然，对不起，对不起。你只是在建你的房子而已。"

"弗洛，求你了。今晚尽量对人友善一点。这对我很重要。"

"当然，我知道，我尽量。"

"感觉好点了吗？"

"可能吧。"

"弗洛，亲爱的，别想那个，我是说……那事真糟糕，但是发生那种事也在所难免。人类是脆弱的，他们承受不起，就会放弃。但世界还在继续。你知道生活会继续，还会是老样子。再过一周两周的，又会来个新的体育老师。"

她突然转过身，面向她丈夫冷静的侧脸，面对此时他对她来说象征的一切，然后爆发了："什么都不会再是老样子了！他又不是个脆弱的人。相反，他就是因为太强了所以再也受不了了！我们都没帮过他什么！"

他们终于到了位于市郊的这处富丽堂皇的别墅，疲惫地爬出车外。亨利拿着鲜花和弗洛的外套，对她说："好了，我们会尽量做到最好，对吗？然后我们可以回家，你也可以想睡多晚睡多晚，明天早晨再睡都行。"

妮可和米歇尔住的这栋房子是一个建筑界的杰作，一颗精致的珠宝，每一个细节都是那么完美和协调。它让弗洛想起了那种高档画廊的揭牌典礼，你会因为怕被艺术家看见你偷跑而不好意思先走。妮可本人也像她的房子一样：高个儿，漂亮，但有点疏远的感觉。

"弗罗伦丝，亲爱的，"她说，"我真高兴亨利能带你来。可惜的是米歇尔要晚一点才回来。他在电话里这么说的。那些无休无止让人讨厌的会议啊！"

"我还不知道嘛，"亨利说，"事业第一！瞧瞧你摆的桌子多漂亮啊，妮可，简直完美。"

在晚餐结束时亨利举起他的酒杯，用他自然随意的方式感谢了他们的女主人，把她比作完美布景中的一颗宝石。然后用幽默而不失优雅的腔调，述说了他和米歇尔一起度过的那些美好旧时光，那些钓鱼之旅，他们给建筑业增添了一个全新的小故事，最后用一段富有诗意的关于即将到来的春天的典故作为结束。

"非常感谢，亲爱的朋友，"妮可说道，"谢谢，谢谢。我只想说，有你在这里真是让人愉快。让我们到客厅去喝杯咖啡吧，再来点干邑白兰地。我都等不及要听听弗罗伦丝要对我们的装修说点什么了。稍等一下，等我一秒钟。让我把聚光灯打开。"

"亨利，"弗洛轻声耳语，"我的表现还可以吗？不会话太少了吧，我？"

"挺好的。一切都好。只是别忘了，亲爱的——这对我非常重要。"

她离开他的手臂，说："知道，知道，真的很重要。你在建大房子。"

妮可回到房间，并解释说花园里的照明本来应该更好的，但是灯光还没有布置好。如果照到了房间里他们可别介意。

弗洛问道："什么会照进房间？什么时候会照进来？"

"很美，真的很美，"亨利说，"我上次走了以后你可做了不少工作啊！"

透过玻璃嵌板可以看到一块草坪，用蓝色的灯光照着，用一面墙给围了起来。

"亨利，"弗洛小声说，"它们在你的口袋里了……"

他把她的墨镜递给她。

妮可正在聊着德尚绅士和他的设计艺术，新颖而不失克制，昂贵却堪称完美。"没任何多余的东西，一切都那么清澈、赤裸、平衡。看看这紫丁香的紫罗兰色和叶褐色是如何在背景中不断重复的？高明的手法，你不觉得吗？尤其是那些枯萎的花。"

弗洛突然发现自己很难集中注意力，女主人说话语速太快了，很难跟上她说话的节奏。弗洛认真地问："但是为什么要用枯死的花呢？那个重复的东西是什么？"

妮可大笑了一下，又轻声笑笑。"枯死的花？但是亲爱的，这样你就会以为它是真花了呀！来点干邑白兰地？”

“我不用，谢谢，我有车。”

“弗罗伦丝，就来一点？”

“真的谢谢，不用。”弗洛慢慢地说道，“我不太明白……”

亨利插进话来：“真遗憾米歇尔没在这里啊。”

“是啊，对吧？但是他说会尽量赶回来的。上帝啊，我是真讨厌那些会议啊！整天就开会，开会，开会……”

“当然，妮可。我知道那是什么感觉。但是米歇尔是个很有责任心的人。”

弗洛又开口道：“要是我能弄明白为什么就好了，他为什么要这样做……”

“弗洛。”亨利提醒似的说道，但是她还在继续兴奋地自言自语。“为什么？人不可能会无缘无故就把自己给吊死了，不是吗？他那个时候说的那些话，我们没能听见的那些话是什么意思呢？亨利。我们没听他说话，那些话应该很重要！”

妮可深吸一口气，说：“他是男孩们的体育老师，我说的对吧？我有所耳闻了。真是个悲伤的故事。但是你们和他并不是很熟，对吧？”

弗洛没把这些话听进去。她眼盯着下方，试图在回忆什么。"是什么重要的事来着,关于经过我们身边的一切,因为我们没有……不,等会儿。他相信只要我们还活着我们就应该……突然就太迟了?亨利?是什么事很重要来着?"

亨利转向妮可匆忙地解释道:"他带着抗议请愿到处活动,你知道的,那种东西。他希望孩子的父母们都在上面签字。"

"噢,那种东西。"

弗洛坐直身体,大声叫嚷:"但我们却没签字!"

"弗罗伦丝,亲爱的,你得当心那种东西。你不懂。他们从不会向你明言那是什么意思,但你不知不觉就被套进去了。我和米歇尔比大多数人都了解那玩意儿。搞不好和政治有关。"

"不是的,是和树有关,一些树木。"

"弗洛,宝贝,和那个没有关系。"

电话响起,妮可跑去接。当她离开房间时,弗洛问:"你是说和他上吊自杀没有关系?"

"弗洛,看在上帝的份上,忘了它吧。现在不是恰当的时候。"

他们的女主人回来了。"打错电话了。我还以为是米歇尔呢。但是你们还没喝完咖啡,肯定冷了,我帮你们再加点吧。"

"咖啡!"亨利大声说道。"为什么现在的人都不用热水瓶了呢?我还记得以前的日子多有趣啊,米歇尔和我以前经常去钓鱼……"

弗洛重复道:"你说的和那个没关系是什么意思?"

"就是没关系。相信我,它们之间没有任何关系。和那些树林一点关系也没有。"

妮可打开通往花园的玻璃门。外面开始下起淅淅沥沥的小雨。她在门槛那里驻足了一会儿,呼吸夜晚温和潮湿的空气。要是米歇尔能回来帮帮她就好了,如果他的商业伙伴不是全都带着妻子来就好了。高挑漂亮的妮可衷心地希望她创造出来的安静可人的世界能继续保持着,她的生命能够尽量不被徘徊在她的世界之外的丑陋和混沌所打扰。为什么他们不能说点好听的话呢?那样的话该有多好啊!

"树木,"她说着,一边不动声色地把装有干邑白兰地的玻璃瓶往外推了一点,"我一直都很为树林而着迷。有一次就我和米歇尔两个人在丹麦待了一整个星期。那些令人惊叹的山毛榉森林啊!当时也是春天,绝对令人叹为观止。亨利,来支雪茄?"

"不用了，但你们看哪——我和米歇尔以前经常抽这个牌子的！"

他们相视一笑。

"你知道吗？"弗洛说，"我喜欢雪茄的味道，它让我觉得一切都变得惬意。"

"这是真的，"妮可脱口而出，叹了一口气，"和香烟完全不同！要不要来点矿泉水？"

"不用了，谢谢。"弗洛看着她漂亮的女主人，突然看起来是那么友好和坦率。她有点害羞地碰触她的手，坦言道："妮可，也许你能理解，我每时每刻都在想着这件事。我觉得我们没在那上面签名可能伤害了他。"

电话又响起来，又是打错的电话。妮可回来的时候明显有点恼火。"弗罗伦丝，亲爱的，其实你又以为会有怎样的不同呢？"她说，"除了能让你的良心稍微过得去一点。不管怎么说，你以为说自己有罪恶感是一件多么自命不凡的事吗？我在什么地方读过这样一段话，每当有人死的时候我们总是会有一点罪恶感的，无论我们曾经对逝者是否亲切。事情就是这个样子，完全没什么可担心的。你的儿子们会有罪恶感吗？当然不会。他们现在可能在外面玩足球什么的呢。"

完全的沉默。

"等等，"亨利说，"你们俩，听我说。他的学生到处剪铁丝网，有好几处都是。我们的孩子也做过这种事。"

"嗯？是吧！"弗洛大叫道，"真让人欣慰啊！他们是怎么做到的呢？"

"用线钳吧，我猜。我想你知道也会让你好受点吧。"

弗洛大笑。"看吧，亲爱的妮可——你看看他们确实是认真对待这事了！这真是一种互敬互爱的象征，不觉得吗？他们没有光是耸耸肩就算了，然后就把整件事当做什么普通的悲伤故事给抛在脑后！"

妮可的脸渐渐变红。"有消息说是什么考试，"她说，"他真的是参加考试吗？普通的体育老师都参加？然后他没考过，他深受打击……我的天哪，那是什么考试啊？"

亨利硬生生地说："爬绳——永久员工的资格测试。"

"而他没考过？"

"没考过，他一年接一年地考。"

"所以他就上吊自杀了。用绳子？是因为他太老了？还是太胖了？"

弗洛从餐桌边站了起来。"他是我见过的唯一一个自己想要什么就会争取什么，对凡事都很认真，带着可以为其而死的觉悟做事的人！然而却没有人帮过他！"

妮可现在是真的生气了，她脱口而出："我的天啊，那他也得自己爬呀！"

"妮可。"亨利提醒道。

然后是一瞬间的沉默，他们只听见墙外汽车经过时发出的嗖嗖声。弗洛重新坐下。

"弗罗伦丝，"妮可说，"我知道你这段时间过得很糟糕，我能理解，请相信我。但是如果你给他签了名又能给他予以多大的安慰呢？想想看吧。"

"我不知道，可能我才是需要安慰的人……但是我没有听他说话。他说了些事，说我们不快乐却不自知，所以什么也做不了……他说本来一切都可以很简单的。亨利，什么东西如此简单？是关于自然的东西吗？"

"弗洛，你不觉得我们该回家了吗？"

"绿色浪潮在几个世纪前就已经结束并消失了。"妮可开口说道，但是弗洛激烈地打断了她。

"绿色，你是说关于绿色你知道什么吗？这个房子里没有一种颜色我可以称之为绿色。就连这草地也不是准确的绿色，都是些品位十足却可怕的装饰色！不，别说了，我知道我今天表现不好。我的眼镜哪儿去了？不，是另外一副，我来的时候戴的那副。"

亨利递给她眼镜并说道："妮可，我真的觉得我们得走了。"

"你们真的得走了？我还以为你们能尝尝点心呢……"

"下次吧，孩子们还在家里等着呢。"

"当然，你说的也是。他们最近怎么样？"

"挺好，挺好的。"

"妮可，"弗洛说，"我感觉糟透了，我知道我就是糟透了，不能原谅一切。但是如果你见过他的话或许你就能理解我了。不知为何他就是那么纯真，那么清醒，勇敢到敢去做别人不敢做的事。所以我想——要不是有他这样的人存在，我们这些人又能成就什么呢……"

"弗罗伦丝，亲爱的，你当然会沮丧。我是说，让人们担心和焦虑是很容易的事，在树林里假扮泰山说着这世界是多么的简单和快乐之类的话，然后就因为你爬不上根绳子就上吊自杀了！他骗了自己也骗了别人，在我看来就是这么回事。你说的不快乐又不自知——这叫什么话啊！你怎么可能不快乐了自己还不知道呢！"

"当然会！"弗洛大叫。"他没有欺骗任何人，是我们让他失望了！"她伸手去拿干邑白兰地并倒满了她的酒杯，"我真希望能有什么事对我重要到我能为其去死！"她走出玻璃门。

电话响起。亨利等待着，他已经非常疲惫了。妮可回到房间。"这次是米歇尔，他向你们问好，他会尽快赶回来。你们肯定能再待会儿吧，来点夜宵？不然他会失望的……"

"对不起，妮可，但是我们真的得走了。"

他们同时望向花园，已经不见了弗洛的身影。

亨利说："好吧，可能我们还能再多待一会儿。"

"我觉得不会下雨，"妮可说，"我们准备在那儿放一些石膏像呢。一个农牧之神，或者一个捧着金鱼的男孩。"

"我想还是选金鱼吧。"

"是吗？就摆在中间吧。我们要把灌木丛清理走，看起来太不整洁了。我是说，你不可能住在丛林里吧，对吗？"

"是啊。"亨利说。

"在墙外面有一棵树会把整个咖啡区挡在树荫下。"

"当然，"亨利说，"我们要出去透透气吗？"

弗洛感到不舒服。她的酒有点问题，草坪周围的墙看起来一点也不真实——好像从四周把她给关在里面了似的。墙头上全都是玻璃碎片。她把眼镜扔在烧烤架旁边的砖地上。

"妮可！再给你的墙加点破玻璃吧。这墙真是丑啊，真丑啊。"她直接走向妮可，继续说，"如果有人，就是别的人，奋力一跳跳过了你家的墙，就那样腾空而起一跃而过，那个人比我们聪明上一百倍，热情上一百倍，就这样凭空出现的一个人，就像羽毛一样自由轻盈，只消站在那儿，就能把一切看透，并且知道一切，你会怎么说？"

妮可用缓慢无情的声音回答："他是爬着藤蔓进来的，我猜。或者是靠爬绳子？要准确理解你的用意有点困难，亲爱的小弗罗伦丝，一切都这么轻盈，但是你是在说泰山[1]，或者耶稣什么的吗？或者是你那个讨人喜欢的体育老师？"

"是的！"弗洛叫嚷道。"以上皆是！但是如果他真的来了，

---

[1] 指人猿泰山。

你肯定不认识他，也不会让他进来。我知道这一点的。"她把自己猛地摔倒在草地上，用手臂枕着头。

亨利说："妮可，真是对不起你。"

"别这样说，我很健忘的。你们要不留下来住客房？根本不成问题的。"

"非常感谢你了，但是我们真的得回家。"

"她不能就那样躺在那样的地上吧，草是湿的……"

"让她睡吧。"他小心地把手放在妮可的肩上说道，"妮可，你是米歇尔上辈子修来的福气才找到的好妻子。你们相互之间总是相敬如宾，我和弗洛也相敬如宾。我们在这儿坐会儿吧，一句话也别说。不，不说话了，我们安静会儿。"

他们坐在靠近烧烤架旁的椅子上。这个夜晚对于早春来说太过温暖了。他们只听见汽车经过的声音。妮可坐在椅子里向后靠着，闭着眼睛。"你知道吗，亨利，我觉得在夜晚完全安静下来会有点恐怖。"

"会吗？"

"是的，有点吓人，会有点险恶的感觉。我们总是带朋友来这里，米歇尔认识的人很多，但是等他们都回家了以后，等他也睡着了以后，几乎整个晚上，我能听到的全都是汽车开过的声音。有几个钟头甚至连车都没有了。你知道的，完全的静寂。"

亨利点燃了一支米歇尔的雪茄。

她继续说道："围墙外面的那棵树，挡住了太阳的那棵。"

"是的，那棵树。"

"有一天有个男孩爬上了那棵树。我们的邻居派他来问我们的下水道是不是也堵上了。然后，他没有来按门铃，而是用一根绳子爬过墙。"

亨利说："在扮泰山，我猜……"然后马上打断了自己的话，"后来他是原路返回的？"

"我没看见。"

弗洛坐在草坪上问道："那你们的下水道堵了吗？没有吗？妮可，这可真是个宜人的晚上啊。我原谅我们了，我原谅你们了，我们大家都被原谅了。"她站起来走进房子。

"妮可……"亨利说着。他寻找着字眼，然后她立即给他解围。"别谢我了！有你在这儿真是令人愉快。什么时候等米歇尔也在家时过来吧。你拿齐东西了吗？没有落下东西吧？"她深蓝色的眼睛真是和平时一样漂亮，没有任何一丝不愉快。她补充道："你知道的，亨利，亲爱的，我很健忘的。"

弗洛在车里已经睡熟了。一个小时后,她醒来说道:"我是不是该写封信给她?"

"不用,我看不用。去打扰健忘的人是个馊主意。"

"你不生气吗?你以后都不会带我去那里了吧。"

"我当然会再带你去的。而且越快越好。"

她看了他一会儿,然后将目光移开,笔直地看着前方。开始下雨了。沥青隐隐发亮,湿润的草地散发出的香气穿过半开的车窗扑向他们。

过了一会儿,亨利告诉她他小时候经常爬的一棵树,有次他爬上去却爬不下来了,只好坐在树上待了一整天。

"我害怕极了,"他说,"主要是害怕我会被大家嘲笑。"

"他们来救你了吗?"

"没有,最后我自己爬下来了。眼泪直流,我真是害怕啊。然后我马上又爬了上去了。"

"是的,"弗洛说,"我能理解。"

夜晚的路上没有太多车。亨利想象着妮可躺着听汽车一个个经过的样子,感到越来越孤单。一个了不起的女性,他自己这么想。可能很好相处,我的妻子就比较麻烦。其实一切都好。

当他们靠近家所在的城市时，他说，几乎是顺便说的："不快乐却不自知的那事？"

"或许也不是那么糟，"弗洛说，"我觉得如果你不知道的话也就没那么糟。"

孩子们已经上床了。亨利调好闹钟，整理好明天工作要用的材料。弗洛的裙子被泥土和青草弄脏了，所以她把它们放在浴缸里浸着。

海　鸥

他又一次把所有的行李都打开来检查，这已经是第三回了。

"阿恩，亲爱的，"艾尔莎说，"如果你还确定不了列出来的清单，那就谁也别想走了。这些东西我们都准备了好几个星期了。"

"我知道，知道，别再叨叨了。我只是再检查下一两个小东西而已。"他清瘦的脸看上去忧心忡忡，他的手又开始颤抖起来。

他会好起来的。

医生的话又浮现在耳边，"他会好起来的，清静修养一个月就好了。他这是劳累过度，都是学校的过错。"

"现在几点了，艾尔莎？现在给校长打电话，你觉得晚吗？我只想知道一切情况他都了解清楚了没，我的意思是，这样我可以解释详细一点。"

"不，别打了，没必要。别再想这事了。"

但其实他肯定会去想，而且也一直在想着这事。学校早就了解了他的情况，都没把他的辞职当回事。他们了解他，都希望他好起来后就回去上班。

阿恩转向他的妻子，开始不断地重复着那句丧气话："该死的学校，该死的学生。"

艾尔莎说道："你应该去教那些年纪再大些的学生。他们太小了，哪里知道好歹，你只有去理解了……"

"哦，是吗？理解他们？要知道他们就是小怪兽，无恶不作，什么事都干得出的小怪兽！我跟你说，他们简直毁了我的工作，让我好像置身地狱。"

"别再说了好吗，阿恩！冷静下来！"

"好吧，我在冷静，我没事。再没有比别人告诉我要冷静更能让我冷静下来的事了。"

艾尔莎开始大笑起来。她在用自己的笑声冲淡内心的不安，她的笑容令人忽然发觉她其实很美。

"白痴！"他喊道，"你这个愚蠢的女人！"他气得把包里的东西一股脑倒在地上，捂着脸转过身去。

艾尔莎轻声说："对不起，过来好吗？"

他走过去，她坐在那里，用手臂抱住了他的头。他说道："再跟我说说你的计划吧。"

"我们离目的地越来越近了。爸爸的船虽然小，但很坚固。我们在度蜜月。你就坐在船头上，一路看到的岛屿都是从来没有去过的。每看见一个新的碎礁，你就以为我们到了，其实还没有到，只是越来越近了，终点还在遥远的地平线上呢。

"等我们上了岸，那个地方就不再属于爸爸了，而是我们两个人的地盘。我们可以待上好几个星期。我们生活的城市与那里认识的人都会淡出我们的生活，到最后消失不见，不再对我们有任何意义。我们的生活只有纯粹的和平与安宁。现在是春天，昼夜都没有风，也不会有声音，生活就是如此单纯……好几天都不会有船靠岸。"

她停了下来。他问道："然后呢？"

"我们不再需要工作。不需要解释，没有单位也没有电话，没有任何要你做的事。甚至连书都不用看。我们不去钓鱼，也不种任何东西。我们只需要一直等待，直到找到我们想做的事情为止。如果一直找不到，那也没关系。"

"那万一我们的确想做什么事情呢？"

他总爱问这种问题，然后她会回答他说："那我们就一起玩下去。哪怕是很傻的事情都可以一起玩。"

"比方说什么事？在一个岛上能有什么好玩的？"

她又笑起来，说道："可以跟鸟一起玩呀。"

他坐了起来，看着他的妻子。

"对啊，可以跟鸟玩，那儿有海鸟。我整个冬天都喂它们干面包。只消吹个口哨，它们都认得我。它们的翅膀是白色的，到处都看得见它们。他们会径直飞来吃我手里的面包噢。可以想象这就是最愉快的游戏了。"

两个人都站起身来，艾尔莎挥动胳膊演示大海鸥飞向她的样子，接着向他描述当海鸥翅膀轻轻拂过脸颊，冰凉的鸟爪稳稳地停在她手心是什么感觉。她仿佛不再对他说话，而是在自言自语。她说她认识一只海鸥，每年春天它会飞回来，用嘴敲她的窗户，她给它取名叫卡西米尔。

"真是个好名字。"阿恩说。

"是啊，难道不是吗？"艾尔莎伸出双手搂着他，抬起头望着丈夫的脸，"怎么样，我们要去休息一下吗？"

"好，可你要知道最近我一直睡不好，我不想连累你也休息不好。要果汁还是水？"

"我要喝水，"艾尔莎说。

到了晚上两人终于出发了。温暖的夕阳在海洋与天空间流连，一切风平浪静，却又美不胜收。大的岛屿一个个被他们远远甩在了身后，唯有一个又一个的低岩礁标出了一条看不见的地平线。阿恩坐在船头。不时地，他会转身，和他的妻子对视而笑。艾尔莎会提醒他注意看在他们北行路线上飞过的大群候鸟，她指着几只长尾鸭，告诉他它们的翅膀正以闪电般的速度拍打着水面。"欢迎委员会！"她喊道，可在马达那边的他却听不见她的声音。

等抵达目的地后，他们便听见数百只粉白色海鸟朝着夜空不停鸣叫。阿恩站起来望着那些盘旋飞翔的海鸟，手里拿着画笔。

"它们会停下来的，"艾尔莎说，"但是你看，它们现在正在筑巢呢。我们只需要对我们住的小屋旁边的巢穴提防着点就行了。"

他们抛下了锚把船固定好，扛起了背包。她递给他房门的钥匙，他打开了门。里面是一个有四个窗户的单间，天花板较低。一股潮湿的寒气已经先他们一步占据了整个房间。从四个窗户往外望去，只能看见茫茫大海，却看不到地平线。

"这感觉好不真实，"阿恩说，"好像登上了山顶，又像是坐在热气球上一样。今晚我应该能好好睡一觉了，要不明天再打开包袱收拾怎么样，我们不需要开灯，是不？生一堆火怎么样？"

"我们什么也不需要，"艾尔莎回答，"一切都好极了。"

天还没亮，海鸟就开始尖叫起来。它们仿佛是渴望战争的一千个复仇女神，不停地落在金属板铺就的屋顶上，那声音就像是在围攻这间小屋，它们简直无处不在。

阿恩叫醒了艾尔莎。"这些鸟在干什么？"他问道。

"它们在早上就是那样的，"她回答，"只要有一只开始叫了，其他的都会跟着叫。过会儿它们就会安静了，我们再接着睡一会儿吧。"她握着他的手又沉入了梦乡。屋外的鸟继续尖声叫着。阿恩试着忽略这些声音，可那种熟悉的恐惧感正一步步向他逼近。他害怕吵闹，害怕任何失控了的事物。他赶紧用昨夜取得的自豪成就慰藉自己，那种对庇护和保护的渴望重新燃起，于是鸟的叫嚣声也就显得不那么重要了。

太阳升起来了，整个屋子都浸在耀眼的浅粉和橙色光芒中。屋舍外很安静。

我要学会冷静下来，他想，我能学会的。

夫妇俩在一起喝晨间咖啡。

突然，从窗户那里传来了敲击声。艾尔莎跳起来，大声说道："是卡西米尔回来了！"

一只巨大的银鸥紧贴在窗玻璃上，它看来似乎焦躁不安。

"还有多的咖啡吗？"阿恩问。

"我再去热一下，等我一分钟……"艾尔莎迅速拿出一些干面包泡上，把干酪皮切成小块，端着这些东西跑到前门台阶那里。她吹起了带来的鸟笛，用她美丽浑圆的胳臂托起盘子等着。卡西米尔飞了过来，停在她的手上吃了起来。"快看呢！"艾尔莎叫道，"它还认得我！"

阿恩问："这种鸟一般能活几年？"

"四十年，如果足够走运的话。"

"那它们总会飞回来吗？"

"是的。"

阿恩第一个发现了绒鸭。在门前台阶边的灌木丛下，有只绒鸭坐在它的巢中，颜色几乎与灰棕色的春季土壤没有区别。

"这是个好兆头，"艾尔莎激动地说。"我们走近它也没有飞走。它应该会留下来直到把小鸭孵化出来。真是惹人爱，对不？"

阿恩被绒鸭迷住了。他仔细地观察这只鸟，感觉到绒鸭的长脸上似乎透着耐性与智慧，而这只鸭子只是静静地坐着。

他说："我还从来没见过绒鸭呢，我要坐在这台阶上看一会儿它。"

"好的，亲爱的，我去收拾行李。"

阿恩在台阶上坐了好长时间，盯着这只一动不动的鸟看。这只聪明的鸟竟然知道它不需要害怕。

阿恩慢慢离开这只鸟，向岛的远处走去。但就在他走近导航标志的远端时，他受到了攻击。一群愤怒的海鸟咆哮着向阿恩俯冲下来，像斯图卡式俯冲轰炸机一样，一遍又一遍带着敌意袭击他。他向它们尖声叫着，惊恐地挥舞着手臂。他感觉海鸟在用翅膀拍打着他的头。忽然间有东西啄了他一下，是那种带着恶意的咬夹。他蜷缩在一块花岗岩石下，捂着脸大喊："艾尔莎！艾尔莎！"

艾尔莎飞奔过来，边跑边喊，"这是海鸟的巢穴。这边鸟巢很多。早点提醒你就好了。"

他们一路走回了小屋。他瘫倒在床上，盯着天花板。

"很抱歉，"艾尔莎说，"每年这个时候的海鸟是带攻击性的，而且今年鸟特别多。如果你站起来的话，情况会更糟……"

"我怎么会不知道？每个教室里的孩子也很多，每个该死的教室都一样。如果你站起来面对他们，情况只会变得更糟糕。不要再说了，我想睡觉。"

到了傍晚阿恩走出去看绒鸭。附近有两只海鸥在石坡上做着奇怪的表演。随着一连串短促而尖锐的叫声后，公鸟有力地拍打着翅膀，把母鸟团团围住。

阿恩回到屋里，对艾尔莎说："真是野蛮行径，令人恶心。"

"你真这么想吗？我觉得这很美。今天我们是喝蔬菜汤还是只吃鸡？"

"怎样都行，我无所谓。"

艾尔莎躺着在听长尾鸭的叫声，她失眠了。她多想告诉他关于长尾鸭的故事啊。这些鸟多么神奇！她多希望他能和她一起，倾听鸟在远离海岸的大海上发出的呼叫声，这声音是多么诱人。可是经过上次的海鸟事件后，她可不敢再谈论鸟了。阿恩的手又开始不听使唤地颤抖了，而且已经好几天不愿意离开小屋了，最远他只去到台阶那里，坐在那里看那只绒鸭。有一次他说："它似乎对一切都心满意足，对不？"他还问了下小鸭子什么时候会孵化出来。

卡西米尔已经变成了艾尔莎的困扰，必须阻止它再来敲窗户了。她移走了它总是站在上面的盒子，把它的食碟藏了起来。但不管她走到哪里，这只大鸟总是跟着她，一路哀怨又讨好地叫着。阿恩看在眼里，只是说几句风凉话。到最后她几乎不再出去了，只趁阿恩看书或是睡着了后才开始干她的户外工作——把卡西米尔的食物扔在花岗岩斜坡上，再偷偷溜回家里。两个人都小心翼翼地对待彼此，只交换谈论一些日常琐事，这样最安全。

之后有一天晚上风向突然变化了，开始从东北方向呼啸而来。风声惊醒了艾尔莎，她走到窗前检查船有没有事。

"阿恩，"她说道，"风把船都吹起来了。"

走在海岸边时，她认真地跟他解释该做些什么。他花了好长时间，马马虎虎地把绳索捆上。这时鸟都没有在叫。

第二天早上阿恩情绪好转，达到很长一段时间内的最好状态。感谢上帝，他终于开朗起来。他像往常一样去看绒鸭，它正在灌木丛下睡觉。

"它睡着了，"他低声说，"如果树叶都伸开来遮住它，它就会觉得更安全，你说对不？"

"哦，是的，"艾尔莎回答，"它现在这样就很好。我们出去沿着海滩散散步怎么样？顺便拣点柴火，我们的火种快用完了，没有它我简直没法点燃那些大块头。"

"我一个人去能行，"阿恩说，"等我去劈一些柴火回来。这事很容易，要不了多少时间。"

她让他一个人去了，却忘记告诉他每年都有海鸥会在木柴堆旁边筑巢。当她想起来，冲了出去找他时，已经晚了。她在半路上遇见了他，手里拿着斧头，还来回晃着。等他又倒在床上时，他说道："我看见三个蛋。""这么说什么意思，亲爱的？"

"三个鸟蛋，三只生命，我把它们连同鸟巢一起扔到海里去了。"他沉默了片刻，然后说，"鸟巢漂走了，可鸟蛋就跟石头一样直接沉下去了。"

艾尔莎站着，盯着他不屑一顾的背影。她不想告诉他，如果拿走一个海鸟的巢和蛋，它只会在原地建一个新的巢，而且还会在同样的位置下蛋。她走去木柴堆找到了案发现场，发现鸟巢原来的地方已堆满了石头。她躲在棚后面等着鸟回来。海鸥回来后，检查了一下那堆石头，试图用身体盖住石头，又起身四处走动，静坐在"蛋"上"孵"了一会儿，又试了一遍，然后开始用鸟嘴把干草衔起来，笨拙地填在石头缝儿里。

"混蛋，"艾尔莎低声说，"你这个该死的，愚蠢的白痴……"她想哭泣。忽然，她感到厌倦了，对阿恩，他的假想恐惧和自以为是的敏感都讨厌至极。她跑回小屋，坐在他的床边，详详细细却又毫不留情地告诉了他海鸥寻找它的蛋的全部经过。

他默默地听着。待她说完，他转过身来，仰面躺着只是看着她，接着笑着说："接下来要玩什么呢？互相吓唬对方还是寻找鸟蛋？是你说要找一些无聊的游戏来玩的。"

艾尔莎站起身来，走到厨台，带着怒气准备好了卡西米尔的食碟，然后打开房门吹起了鸟笛。

阿恩喊道："你会吓到绒鸭的！你就不能到屋子另一边去喂你的海鸥吗？"

卡西米尔飞来了。同样持续的撕心裂肺的叫声，同样强壮的翅膀拂过她的脸颊，同样稳稳地停在她的手心里。她笑出了声，把食碟扔在地上，尽管它拍打着翅膀抵抗，她还是用双手迅速抓住了海鸥。一切正和她所想象的一样，她手里抓住并牢牢掌握的正是穿着丝质光滑外衣的伟大生命力量。令她吃惊的是，这种将生命抱在怀里带来的巨大喜悦令她整个人都陶醉了，高兴得说不出话来。就在那一刻鸟挣脱了她的手，向海滩飞去，消失了。这一刻真安静。艾尔莎站在原地，没有转身。

阿恩说："我都看到了。"他的声音陌生又冷漠。

那是一个气温宜人的阴天，似乎连天气都在犹犹豫豫，停滞不前。灌木丛的叶子快要伸展开了，它们蜷缩着，带着淡绿色。阿恩没有去看绒鸭在不在，他知道它一定还在那里，它是个值得尊敬的同伴。

也许二人带个收音机来就好了，但他们最终选择了度过长长的、愉快的安静假期。这原本就是计划的一部分。傍晚时分，从海上卷起厚厚的雾气，岛上显得更为寂静了，转眼间小岛变得如梦似幻，一切变小了，仿佛给小屋舍的四个窗户盖上了厚厚的羊毛眼罩。这对绒鸭来说倒是带着它的孩子们下水的绝佳机会。

艾尔莎煮好了睡前茶。他们边喝边读书。喝完了茶，阿恩走向前门台阶——也正好就在那时，绒鸭正缓缓地走下斜坡，身后跟着一串小鸭子。这简直令人难以置信，太棒了。他马上叫艾尔莎过来看。就在那时，他听见了翅膀有力的扇动声，一只白色的大鸟从空中俯冲下来，抓住了其中一只小鸭子。就在阿恩惊恐无助的注视中，小鸭子一点点被大鸟吃掉了。他大叫了一声，冲上前去，捡起一块石头扔了过去。阿恩以前扔东西从未中过，但他这次砸得相当准。大鸟倒在了花岗岩斜坡上，散开的翅膀就像一朵盛开中的花，比那天的雾还要洁白。小鸭子的腿还卡在它的嘴里，有半截露了出来。

"艾尔莎，我要杀了你！"他喊道。

她就站在他身边，轻轻碰了碰他的胳膊，说："看哪，现在没人打扰它们下水了。"

　　绒鸭和余下的小鸭子继续前进，很快它们就下水了，并消失在雾气中。

　　他转身向着她说："难道你还不明白发生了什么事？我杀死了卡西米尔，我偷袭了它，把它干掉了！"他激动得发狂，抬起死鸟的一只翅膀走到海边，把它扔进了海里。艾尔莎站着看他做这些事。她决定保持沉默，不告诉他这只其实不是她的卡西米尔，甚至也不是那只令他深恶痛绝的银鸥。还有，当然了，她自己的海鸥是永远不会回来了。

小热屋

一

当叔叔真的变老的时候，他对植物学产生了兴趣。叔叔从来没结婚，但他的大家庭很温馨，叔叔的家人总是无微不至地照顾他。现在，他的家人给他买了有关植物学的书籍，这些书虽然贵了点，却是图文并茂的，很漂亮。叔叔对这些书称赞了一番，然后把它们放在一边。

当家人都去上班、上课或者忙着做其他事情时，叔叔却独自一人外出，乘坐电车去植物园。天气寒冷，一路上总是充满艰辛，旅行的感觉并不好。尽管如此，就在他打开温室大门的那一刻，迎接他的是香气扑鼻、温暖柔和的各种各样的花卉，怀着对植物的期待，他感觉刚才的旅途劳顿一下子就获得了补偿。这里的一切静悄悄，似乎很少有人来这儿。

叔叔总是最后才来到睡莲池欣赏，好像在拖延着什么。他在热带植物园狭窄的通道上一路漫步，走过热带灌木丛，却从未故意触摸这些植物，他并不知道它们的名字。有时候他感到一种莫名的欲望，即径直走进花团锦簇的地方，来感受这些植物而不仅是欣赏它们。

就在叔叔靠近睡莲池时，这种危险的欲望甚至变得更加强烈。这是一个荷花池，池塘很浅，池中的清水持续不断地冒泡。他想脱掉鞋子，卷起裤腿，而后跨进荷花池中，在阔叶的荷花之间涉水。荷叶在他前进过程中轻轻分开滑过，紧接着又在他的身后再次聚合，仿佛什么都没有发生，他完全沉浸在温馨孤单的温室里。

水池边是一个涂成白色的小铸铁凳子，在那里，叔叔总是喜欢歇歇脚，他一个人陷入沉思，思索着自己渐渐地远离外面世界的一切。

池塘之上很高的地方有一个玫瑰色的玻璃圆屋顶，这是很久以前建造的，看起来确实非常美丽。圆屋顶下面的小桥装饰精巧，金属制的花纹与螺旋式的阶梯吸引了不少好游玩的游客。

有时候，在游人从桥上下来离开前，他们穿过这座桥，走在螺旋式的阶梯上总会发出沉闷的声音。他们总是匆匆忙忙地离开，甚至都没有机会瞟一眼水中的莲花。

只有笨蛋才会以为叔叔两腿发达，头脑简单。

植物园的看守人喜欢坐在枝繁叶茂的大灌木丛之后，要么看报，要么用钩针编织东西。叔叔有几次都差一点问他用钩针编织的东西用来做什么，但是每次都没问，而从他身边默默走开。不过每次他们都会点头相互致意。

有时候，植物园的看守人会离开灌木丛后面的位置去莲花池边干些活。每当这个时候，叔叔就会匆匆忙忙赶回家，敲家里那扇重重的门。叔叔不允许家人在家给他开门，但是每次出现这种情况，他总会接受家人给他开门，因为他知道这显然是出自对他的尊重。他经常去植物园的温室，只有他自己知道他是那里的常客。

有一天，叔叔发现凳子上坐着一位老先生，他身穿天鹅绒领的外套，留着下垂的小胡子。于是，叔叔沿着绿色廊道继续前行，当他走累了回头望见凳子上仍然坐着人。凳子很小，基本容不下两个人，所以稍微等了等，叔叔就回家了。

不久，叔叔再次来到这里，凳子上坐着上次那个老先生，不过这次他带了一本书。他甚至一眼都没看水中的莲花，而只是在看书。叔叔相当气愤，于是找到了植物园看守人，说道："他是谁？他常来吗？"这是他们之间的第一次谈话。

"哦，是的，"看守人说，"最近他每天都来，我很抱歉。"

果然不出所料，叔叔每次来到这里都会看到那位老者坐在那里——他就坐在凳子上，而且坐在凳子的正中间，如果他腾出地方来给叔叔坐，那么他们将被迫不舒服地紧靠着坐在一起，这样坐着并且没有交流显得非常滑稽可笑，所以他们可能要进行交谈。这个老者一定是个健谈的人，但从外貌上看，他显得如此苍老，毫无疑问的是他必定非常孤单。

看守人给叔叔拿了把椅子，但是叔叔没有接受，他只是站在棕榈树后面，而此刻他的双腿越来越酸，人也越来越累。那位老者几乎从不站起来环顾四周，他仿佛被胶水固定在凳子上看书，他的鼻子上架着一副小型的有点滑稽的眼镜。叔叔等啊等，直到他认为家人可能下班回来了，于是他生气失望地乘坐电车回家了。

有一天的情况更糟。当叔叔准备回家时，那位老者恰好在这时起身离开；凳子空出来了，但是为时已晚。叔叔赶紧离开，但是那位老者的双腿以令人吃惊的速度快步行走，与叔叔同时到达植物园大门的双开门处。那位"魔幻般"的老者为叔叔开门，并在那里站立等待。这是一个无法忍受的羞辱性时刻。两人站立不动，却没有交流。叔叔还未决定是否和他说话。

正是那位看守人挽救了局面。作为一个厌烦植物的聪明人，他有时候对植物园游客稀少和受关注度不足感到有兴趣。现在，他赶紧礼貌地给他们开另一半大门并向他们鞠躬。两名游客肩并肩走出大门，转身后向着彼此相反的方向离开。这却使得叔叔绕道到乘坐电车的地方。

第二天，那位"魔幻般"的老者再次出现，还是坐在凳子中央读书。

凳子的问题几乎再次困扰着叔叔。叔叔开始将那位老者视为敌人。夜里，叔叔总是躺着醒着，他想知道那位老者比自己年纪大还是小；如果老者有亲人照顾，他是否真的不喜欢花卉而只是寻求亲人的贴心照顾；他一直在看什么书；他的大胡子是否意欲成为某种形式的挑衅……

最后，在一个阳光明媚的冬日早晨，那个凳子再次空出。叔叔迅速坐下，凝视荷花池，池中的花朵他已经很久没有想象了。然而，祥和的感觉消失了，他想起了那位老者，那个占据他凳子的人。随后，植物园大门打开，老者走了进来。他一路拄着拐杖走着，来到凳子前，重重地敲了敲地面两次，说道："你正坐在我的位子上。"

叔叔孩子气般地说："不，这是我的位子。"那位老者既没有表现出敌意也没有表现出服从，最后他想了很久，说："尊敬的先生，我聋得什么也听不见。"

叔叔的"敌人"欣慰地叹了口气，在叔叔旁边找了个位置坐下。他翻开书，很明显，这是从公共图书馆借来的。

植物园的温室里还有潺潺的流水声。看守人注视了一会儿，就回到灌木丛后了。他随后有很多机会来研究这两个不声不响的先生。无论谁先来，那个先来的人都会坐在凳子的一端。另一个人来时，他们会很快地相互致意，他们一直都这样做。

叔叔很快明白，自己不得不说他对老者的敌意被一种不情愿的尊重替代了。叔叔已经发现了老者从图书馆借来的书是斯宾诺沙的作品，这就增强了他的自尊感。他决定带一本给人留下印象的书翻看，第二天，他来到这里，翻开家人给他的一本厚厚的、笨重的植物学书籍。但是那本书太笨重了而不能放在他的膝盖上，而且书的印刷字体也非常小。偶尔，叔叔旁边的"闯入者"会低声重复一些吸引他或干扰他的书中措辞，或者他有时自言自语地说天太热了，或是他们两人为什么不能在凳子上和平相处……有一次他甚至轻蔑地说叔叔对花卉一窍不通，而只是装模作样地在赏花。

这使得叔叔心烦意乱，他不顾一切地站起来，吼道："你是个不懂花的蠢货！你甚至都没有正眼瞧它们！你应该与你的那些愚蠢的书籍一起待在家里！"

"这真是不可思议！"那位老者说着摘下了眼镜。出于一定的兴趣，老者研究了叔叔的行为。他说："如果我没看错的话，你也是一个喜欢安静的人。我的名字是约瑟夫·森。"

"我叫威斯特·博格。"叔叔生气地说，然后将书从地上拾起。他猛地一下合上书，然后坐下。

"现在，"约瑟夫·森继续说，"或许我们能为了平静而离开或者留下。"

他们之间的关系就是这样开始的：冷冷的三言两语。

通过交谈，叔叔逐渐了解到约瑟夫·森住在一个被称作"和平天堂"的嘈杂吵闹的地方，那里居住的都是他想要与之交谈的无聊的老者。那位老者顺便提到了这个情况，他就不再多说了。

以后来这里，叔叔就不带植物学书籍了。现在，植物园的温室又平静下来，似乎这里成了一个供人们沉思与休憩的场所。有趣的是，在叔叔看来，这里比他独自一人坐凳子上时更安静了。

接着约瑟夫·森突然消失了——他一整周都没来植物园。叔叔去问看守人，看守人也不知道原因。

叔叔认为约瑟夫·森有可能生病了，但他想找出原因。

看守人根据电话薄的记录帮助叔叔找到了"和平天堂"。打电话的过程令人厌烦，因为叔叔接通的是错误地址的电话。最后，有个女人在厨房接到了电话，她很生气地告诉叔叔约瑟夫·森很生气，他不想见任何人。

对于叔叔而言，"和平天堂"似乎就是相当可怕的地方。他从未想象过这么多焦虑的老年人会聚集在一个地方。在家里，所有人都比叔叔年轻，所以他觉得自己自然是个例外，几乎是独一无二的一个人，但是在这里他感到自己融入了一个窄小的大众空间里。突然，叔叔有种感觉，即自己不过是无关紧要的漂浮物，被生活的波浪冲刷到岸上，人们对他早已遗忘。有人将叔叔领到了约瑟夫·森的房间，这是一个非常小的房间，有一种奇怪的空荡荡的感觉。约瑟夫·森躺在床上，被子盖到了他的下巴部位。

"嗨！"约瑟夫·森说，"威斯特·博格，很高兴你没给我带花来。我没病，只是无聊透顶。请坐，我的朋友。对了，你的'荷花情人'最近怎样？"

"看守人托我向你问好，"叔叔说着找了个位置坐下。房间里的两把椅子上都高高地堆着书。

"只要把它们放到地板上就可以了，"约瑟夫·森不耐烦地说，"我已经厌烦它们了，除了单词就是单词，它们根本没用。"过了一会儿，他几乎是自言自语地接着说："威斯特·博格，你别把自己宠坏了。你还不明白自己已经收获了最好的礼物。你应该继续关注神佑的荷花；只要有时间就继续关注它们，你无需改变这个想法，我的意思是你应该寻找值得信任与保卫的东西。"

"我曾经保卫过一块牧场。"叔叔说，但是约瑟夫·森并没有在听，而是起床走进了浴室。

我的牧场，叔叔这么想着，我保护过的牧场……但也许我刚才不应该谈论它。

　　约瑟夫·森从浴室出来，带着两把牙刷、一副眼镜以及一小瓶白兰地。他在床边坐下说："如果你喜欢，白兰地可以从水龙头处加水。我喜欢不加水喝。"

　　"你今天刚从植物园回来吗？"叔叔说，"白兰地真不错！"

　　"只有这个品牌的白兰地才值得喝。"

　　就在这时，通道外响起了铃声。

　　"可以吃饭了，"约瑟夫·森轻蔑地说，"你最近在忙些什么呢？"

　　"没什么。但是你为什么这么厌恶你的那些书呢？"

　　"它们毁了一切。你知道的，威斯特·博格，它们将我的思维分解成一连串的思想却不知道要指引我去何处，这使我陷入绝望了。它们并没有指引我了解我想知道的东西。所以我非常厌恶它们。"

　　"或许，"叔叔认真地说，"或许你应该给它们点机会，让它们再试一次。"

　　"你什么意思？怎么试？"

二

　　叔叔看着约瑟夫·森，做了一个手势，他的意思是这真的可以指代任何东西，首先必须符合兴趣的要求。

　　"从这个角度来看，"约瑟夫·森说，"随着时间流逝，书中所记载的东西就不复存在。其他更多的内容在这些书中都找不到。我所需要的是一些真实的信息，我并没有太多时间，我试着弄明白自己想知道的一切，这是非常重要的。查找可能有真正意义的某种答案，并最终找到有效的结论。你明白我的意思吗？"

　　叔叔说："不完全明白……但是到最后这些事实真的那么重要吗？如果所有的结论都困扰你，那么你会比以前更加着急。"

　　约瑟夫·森笑了起来，他说："威斯特·博格，你的人缘很好，但是你真是个大笨蛋！"

　　"好吧，"叔叔说，"但是你还会回植物园的，是吗？"

　　"是的，我会回去的。但在此之前，我一句话也不会说。"

　　在乘电车回家的路上，叔叔对于那个难以理解的对话中自己所说的模棱两可的话并没有考虑太多。他想的更多的是约瑟夫·森本人以及自己的牧场。很显然，叔叔对自己保护过的牧场记忆犹新。

叔叔认为他应该将牧场的事告诉约瑟夫·森。

就在叔叔遇见约瑟夫·森的前一年，他的家人在海岸附近的小岛上租了一套夏季别墅。由于这个小岛山坡陡峭、道路崎岖，家人都很担心叔叔，所以他们花了很长时间讨论是陪伴在叔叔身边好还是将他一个人留在别墅好。叔叔并没有聋，他听到了家人讨论的大部分内容，并相信讨论内容的真实性。最后，他决定按照平常面对做出重要但是困难的决定时候那样表现出的耐心来解决问题。如果他表现出耐心要留在家中，则他就会选择不用家人陪，如果他表现出耐心要去别墅住，则他就会选择需要家人陪伴。其实，叔叔还是希望去别墅居住一阵子的。

小岛上最常见的是陡峭的峡谷，自西向东横穿。叔叔的家人从渔夫那里租用在峡谷上架桥的废弃木头，这样如果叔叔想从码头走到别墅区，他就不必爬下到岸边的牧场上。这座桥虽然是摇摇晃晃的结构，但是它能节省很多时间。

叔叔第一次爬上小山坡时突然停了下来。其他人认为他一定是害怕上桥探险，但是事实并非如此。他看到了牧场在七月间鲜花盛开的景象，这些五彩缤纷的花朵在一起轻盈地绽放，但是持续的时间很短。他没看到有人穿过牧场，牧场就像伊甸园的第一个清晨那样未被触动过。

他认为这比植物园温室中的花还要美。他认为没有人可以干扰牧场的繁花盛开，这些花仅用来欣赏。

每天拂晓前，叔叔都会蜿蜒爬行地走下山坡坐在牧场的一个角落。每当太阳从地平线升起的时候，这里的景色就是最迷人的。就在一瞬间，所有的花朵都发出几乎一样的神秘的半透明光。七月中旬的风拂过，遍地的鲜花好似地毯般随风起舞。多美呀！叔叔无法相信这与他在植物园温室中所见的花朵不一样；它就像不断变化中的景致，比静止的景致美多了，而牧场在一年四季中的变化就像生活一样瞬息万变。有时，他感到这种危险的欲望正如他在植物园所经历的那样，那种感觉就像他径直走进牧场，感受周围花花草草带给他的温暖，他想拥抱它们，但是他还是踌躇不前。

天朗气清的一天，叔叔的家人决定在小岛上搭个帐篷，可以在里面桑拿。当然，在芬兰，即使是最小的别墅都会有桑拿房。现在，桑拿房必须建在地平面上，也就是叔叔牧场的地平面上。接下来的几天过得比较艰难，叔叔与家人因建桑拿房的事情大吵，接着又是许久的冷战。但是，这些事在各个家庭都经常发生，他们最后达成了妥协：桑拿房可建在桥底下，建造的时候应小心谨慎，将其对牧场的损害程度降到最低。

家人们盖好桑拿房后离开了，叔叔前去查看。这是一个较大的方形建筑物，它配有一个金属烟囱，仿佛是美好精致的不协调因素。他走近桑拿房，打开门。桑拿房里一片昏暗，内有宽木头凳子、黑石建造的火炉、水桶和防风灯。这是一个功利性的私用桑拿房。叔叔坐在最矮的凳子上。这里能通过帐篷的开口看到牧场的景致，这就好比黄昏在帐篷里作画一样。

他几乎感觉是在画自己。

当叔叔说他喜欢睡在帐篷里时，他的家人都不感到吃惊。家人为叔叔搭好帐篷以使叔叔能在帐篷里想象任何他所能想象的事。他听到游客过桥发出的声响，这使他想起植物园温室里的游客，他们登上螺旋楼梯，再次踩踏楼梯，然后离开。

桥底下的生活真好，由于帐篷是由坚固的支撑柱支撑，所以叔叔感觉很好。尽管如此，木头闻出了焦油的味道，而且其中充满了旧钉子，但是没有人不厌其烦地将它们拔出。

他将他的帽子挂在钉着钉子的墙上，同时他还挂了擦手巾和其他各种东西。此时此刻，他能想到的是自己小时候在帐篷里睡觉的情形。

七月底的一个晚上，刮起了海风，海浪拍打在峡谷上，海水漫过了牧场，逐渐侵入叔叔的帐篷桑拿房。叔叔醒来发现自己坐在潮湿的坐垫上，他不清楚自己在哪里。海风拍打着帐篷，帐篷里温度很高，犹如植物园的温室一般——这一场景如同暴风雨侵袭荷花池……叔叔推开帐篷的门，走进潮湿的夜晚，他被眼前的一切吸引住了。

外面会亮点，他能辨认出漫漫长夜中穿越峡谷的玻璃圆屋顶。圆屋顶比平常的屋顶要高，事实上它从未出现过，而螺旋式楼梯从此消失。叔叔将墙上的钉子脱钩，然后站着不动，听着风声。此时的牧场不安地来回翻腾，这是他偶然碰到的现象。是的，现在他终于可以拥抱牧场了，他径直走进荷花池，感觉着光脚下松软的碎片性的泥土，并轻轻地触摸水中莲花——他能理解迄今为止在海面波涛汹涌时，海岸边的花朵与气候抗争的情况……如今没有游客，一个也没有，独自一个人欣赏这平静、不受打扰的景致。

他慢慢走回别墅，然后睡着了。所以他并未在拂晓看到帐篷的桑拿房被吹走，此时的桑拿房就像一只衣衫褴褛的蝙蝠。他并未发现桥梁结实的桥墩被冲走并断裂，或者建造用的木头被高高地吹到空中，而后散落在怒海狂涛中。

如果桥梁的最后一块碎片被冲走，那么峡谷里必定是波涛汹涌。

小岛远端的桥梁如果出现了裂缝，就必须把桥梁砍倒当柴烧。其余的木头被卷入海中，最终冲上了其他海岸，被用作棚或码头的建造材料。它可以用一种或另一种方法使用。

叔叔的家人在峡谷上建造了一座桥。但在叔叔看来，这座桥碍眼。它并非一座合适的桥，更像铁轨上的平交道。这座已经不存在的木头桥与他的牧场没有关系。这座旧桥已经饱经风霜，经常受到海水的冲击，它使得山坡上显示出各种各样的颜色；它融入到小岛中来，成为小岛地理结构的一道自然景观。但是叔叔什么也没说，原因是叔叔的家人为自己所建造的桥梁感到自豪。

牧场并没有从那夜的狂风暴雨中恢复过来，但是他知道下个月牧场又会和以前一样漂亮。牧场会和天气抗争，会和大海抗争。

有一天，叔叔注意到他们使用的柴火是灰色的，并且满是钉子，这些柴火是从旧桥上拆下来的。他选择了其中一些合适的柴火来使用并且找到他所需的工具。他开始慢慢地、小心翼翼地制作旧桥的模型。

叔叔在参观了"和平天堂"后来到植物园的温室，那时约瑟夫·森又回到他以前的位子上休息了。

约瑟夫·森放下书说："很高兴看见你，威斯特·博格，你这个快乐主义者。正如你所见到的那样，我仍在寻找几种有意义的逻辑性信息。但是这些逻辑性信息的作者并不比以前更明智。"

他坐在位子上继续看书。叔叔坐在他的左侧，他很高兴见到约瑟夫·森回到这里。叔叔想告诉他有关牧场和风暴的事，但是叔叔认为这不是最佳的说话时机。因此，他只是静静地凝视荷塘里的美丽的莲花，但是一切似乎都改变了。他闭上眼睛，陷入更深更远的沉思中，试图再次拥抱在黑暗与狂风暴雨中抗争的牧场。

虽然他们还经常来植物园参观，但是次数明显少于以前。那个经常坐在灌木丛后面钩针的看守人也退休了。新来的看守人并不认识他们，他喜欢坐在大门内侧的桌子旁边，并时不时地慢慢地绕着荷花池走，手别在背后一圈一圈地走。他经过他们的位子时并没有表现出任何的尊重与认识他们的意思。

约瑟夫·森似乎非常高兴，因为这样他可以静静地看书，他偶尔与叔叔说些搞怪的话，伸着双腿，在他的书中的句子底下画线。每次叔叔都让自己伸直四肢，不然在安静时他会感到不安与紧张。叔叔开始带着桥梁的模型来植物园，但是告诉约瑟夫·森那夜暴风雨的情况变得越来越困难，他基本上无法这么做。那一夜他拥抱牧场的情景无法告诉约瑟夫·森，而约瑟夫·森也帮不上忙。

那天，他们俩像往常一样坐在植物园的温室里，狂风暴雨袭击了整个城市。从上午到傍晚，大雨敲打着玻璃圆屋顶，在电闪雷鸣的情况下，约瑟夫·森将书都放到了鼻子底下，他几乎无法继续看书了。暴雨拍打着植物园的温室大门，玻璃出现裂缝，雨水冲进来流入荷塘中。当然，水并不是很多。叔叔站了起来，向前走去并涉水进入池塘，将荷叶与莲花推开，然后转身叫道："嘿，约瑟夫·森，你看到我正在做的事了吗？"

"非常棒，"约瑟夫·森说着放下了手里的书，"继续，太令人兴奋了。"

不久，他们俩又坐到了一起，直至植物园关门才分开。暴风雨逐渐小了下来，看守人也终于放心了。叔叔谈起了他的牧场，说得非常精彩，约瑟夫·森更像是叔叔所期待的倾听者。叔叔给他指了指那座小桥。他看着叔叔说道："是的，是的，我懂牧场的含义了。瞧，我喜欢它、赞美它。但是不知道小桥指向何方。"

"它并没有任何意义，"叔叔生气地说，"桥就是桥，它仅仅只是一座桥。这里你能发现很多明显存在的东西。它来自哪里以及它指向何方并不重要。你可以穿过它，这就是它的全部含义！"

看守人赶紧过来劝说叔叔在患感冒前回家。

"我们正在谈话，"叔叔说，"约瑟夫·森，你可以做结论了！你发现这些书中的重要东西了吗？"

"各种各样的东西，"约瑟夫·森笑着说，"这很费时，但是我总是认为这将会发生。我们似乎都无法使对方相信各自所说的内容。但我们需要这么做！"

"不，"叔叔说，"另一个人仅需要倾听与理解即可。"

"我能接受这个事实，"约瑟夫·森说，"我喜欢有关牧场的任何信息。"

叔叔说："是的，我确实认为我能介绍得非常好。"

他们同时起身然后穿过被暴风雨打碎的大门，在互相告别后各自回家了。